KB154745

…분에게 강조하고 싶다. 아직 늦지 않았다. 여러분의 꿈과 비전을 포기하기에는 여러분에게 남겨진 가능성과 역…가 얼마든지 많다. 이 책을 통해 새롭게 시작하길 부탁한다.

청소년 시절부터 시작한 다니엘 아침형 공부 습관은 내 인생의 가장 큰 보물이다. 내가 서울대학교에 합격하고서 좋은 성적으로 졸업할 수 있었던 가장 큰 비결은 바로 '다니엘 아침형 학습법' 때문이다.

서 주시는 평안함 속에서 공부해 본 적이 있는가? 하나님이 주시는 지혜와 기쁨을 가지고 공부해 본 적이 있는
엘 아침형 학생은 바로 이런 평안함과 기쁨과 지혜를 가지고 공부하는 학생이다.

너희 중에 누구든지 지혜가 부족하거든 모든 사람에게 후히 주시고 꾸짖지 아니하시는 하나님께 구하라. 그리하면 주시리라(약 1:5).

다니엘 아침형 학습 습관은 단순한 공부 습관 이상이다. 치열한 경쟁과 냉혹한 현실에서 상처받은 마음을 마음관리와 공부를 통해 새롭게 회복시키고, 자신의 진정한 가치를 되찾게 해주는 21세기 리더를 위한 '참된 나침반' 이다.

다니엘 아침형 학습을 선택한 여러분을 진심으로 환영합니다. 앞으로 30일, 힘들겠지만 최선을 다해 노력한다면 여러분은 인생에서 가장 소중한 기적을 경험하게 될 것입니다.

김동환의

다니엘
아침형
학습법

고즈윈은 좋은책을 읽는 독자를 섬깁니다.
당신을 닮은 좋은책 — 고즈윈

김동환의 다니엘 아침형 학습법

김동환 지음

1판 1쇄 발행 | 2005. 12. 1.
개정판 2쇄 발행 | 2019. 6. 17.

발행처 | 고즈윈
발행인 | 고세규
신고번호 | 제313-2004-00095호
신고일자 | 2004. 4. 21.
(121-819) 서울특별시 마포구 동교동 200-19번지 501호
편집팀 02)325-5676 팩시밀리 02)333-5980
본문 일러스트 · 최승협

값은 표지에 있습니다.
ISBN 978-89-92975-89-6 13800

고즈윈은 항상 책을 읽는 독자의 기쁨을 생각합니다.
고즈윈은 좋은책이 독자에게 행복을 전한다고 믿습니다.

김동환의 **다니엘 아침형 학습법**

고즈윈
God'sWin

이 책과 이 책을 읽는 친구들을 위해 자신의 다니엘 아침 공부 체험을 글로 써서 보내준 사랑하는 제자들에게 감사드립니다. 소중한 이 사례들은 새롭게 뜻을 정해 다니엘 아침형 학생으로 다시 태어나려는 친구들에게 큰 도움이 될 것입니다. 참고로 글을 쓴 친구들의 프라이버시 보호를 위해 이름은 모두 가명으로 하였음을 밝힙니다.

부족한 자식을 위해

한평생 고생하신

사랑하는 아버지 김학렬 님께

이 책을 바칩니다.

내가 출강하는 한 학원＊에 강진석이라는 학생이 있다. 용인대 유도학과를 졸업한 친구다. 현재 나이 25세. 그 친구가 어느 날 나를 찾아와서 이렇게 말했다.

"많이 늦었다고 생각합니다. 그렇지만 다시 공부해서 꼭 의대에 가고 싶습니다."

난 그 말을 듣고 처음에는 무척 놀랐다. 진석이는 슈바이처처럼 아프리카에 가서 의료 선교사가 되고 싶다고 했다. 그래서 많이 늦었지만 꼭 공부를 다시 하고 싶다고 했다. 실력을 테스트해 본 결과 중1 수준이었다. 정확히 말하면 중1 수학 문제조차 잘 풀지 못했다. 영어 역시 마찬가지였다. 진석이 말로는 자신은 그냥 운동만 했고 청소년 시절 많이 놀고 싸움도 많이 했다고 한다. 공부는 별로 해 본 기억이 없다고 한다.

그런 그가 군대에 있을 때 아프리카에서 의료 선교하는 의사의 다큐멘터리를 보고 자신도 그와 같은 삶을 살고 싶다는 생각이 들었다고 한다. 태어나서 처음으로 정말 무언가 자신의 전부를 걸고 해 보고 싶다는 생각이 들었다고 말했다. 그래서 진석이는 내가 강

＊ 현재 김동환 선생님은 〈다니엘 리더스 스쿨(www.dls21.net)〉에서 교목과 국어, 영어 교사로 재직하며 후학 양성에 힘쓰고 있습니다.

의하는 것을 알고 찾아왔다. 난 그 친구에게 길게 얘기하지 않았다. 앞으로 내가 말하는 대로 공부할 수 있겠느냐고만 물었다. 그는 어떤 것이든 시키는 대로 하겠다고 했다. 나는 다시 한번 물었다.

"정말 할 수 있니?"

진석이는 하겠다고 했다. 나는 아무리 기초가 없고 그동안 공부를 하지 않았어도 내가 말하는 방법대로만 하면 원하는 학업 성적을 받을 수 있고 대학도 합격할 수 있다고 말했다. 그러고 나서 나는 다니엘 아침형 학습법에 대해 하나하나 가르쳐 주었다.

진석이는 나의 강의를 들으면서 다니엘 아침형 학습 7단계를 실천하기 시작했다. 그리고 시키는 대로 매일매일 다니엘 아침공부와 다니엘 마음관리를 시작했다. 그런 그에게 놀라운 변화가 기적처럼 찾아왔다. 그리고 그 기적은 지금도 진행 중이다.▪

나는 진석이가 변하는 모습을 보면서 강한 확신을 갖게 됐다.

'그래. 내가 대학에서 우수한 성적을 거둔 비결인 다니엘 아침형 학습법이 나에게만 해당되는 것이 아니었구나! 진석이처럼 공부를 완전히 포기했던 사람들도 이 방법대로만 하면 새롭게 희망

▪ 진석이에 대한 보다 자세한 내용은 본문 pp. 17~22 참고.

을 가질 수 있구나!'

나는 진심으로 감사했다. 그리고 진석이처럼 나에게 직접 강의를 들을 수 있는 학생들도 있지만, 그렇지 못한 더 많은 학생들에게 이 방법을 전수해 주리라 결심했다. 그리고 이 책을 쓰게 되었다.

다니엘 아침형 학생이 되기 위해서는 우선 3가지 기본 교재가 필요하다. 《다니엘 3년 150주 주단위 내신관리 학습법》과 《다니엘 마음관리 365일》, 그리고 바로 이 책이다. 우선 《다니엘 3년 150주 주단위 내신관리 학습법》을 통해 내가 중학생이라면 어떻게 중학생 시절을 보내야 할지, 고등학생이라면 어떻게 고등학생 시절을 보내야 할지 각각 3년 동안의 전체 그림을 그려 본다. 일주일 단위로 책이 쓰였기에 매주 자신이 해야 할 구체적인 공부의 목표와 방법을 알 수 있을 것이다.

이렇게 먼저 큰 그림을 그려 본 후 일주일 단위로 학습 계획을 세운 다음, 《다니엘 마음관리 365일》을 통해 매일매일 마음관리를 하면서 흔들리지 않는 편안한 마음을 얻고 그날그날의 구체적인 공부 방향까지 도움을 받는다. 이 두 가지 책으로 주 단위, 일 단위 학습과 마음관리를 위한 준비를 한 후, 이 책을 이용하여 다니엘 아침형 학습 30일 프로젝트를 시작하면 되는 것이다.

그리고 아직 공부에 대한 동기부여가 확실히 되어 있지 않은 친구들이라면, 《다니엘 학습법》을 보면서 내가 왜 공부를 해야 하는지 분명한 동기를 찾은 다음, 위에 언급한 방법들을 가지고 공부를 시작하면 도움을 받을 수 있다.

　이 책을 보는 많은 학생들 가운데 진석이처럼 늦게 시작하는 학생은 드물 것이다. 나의 강의를 듣는 많은 학생들은 진석이가 변하고 성적이 향상되는 것을 보고 크게 자극을 받는다. 왜냐하면 '저렇게 나보다 기초도 없고 나이도 많고 실력도 부족한 사람도 다니엘 아침형 학습법으로 완전히 변할 수 있는데 왜 내가 못할까?' 하고 생각하는 것이다.

　늦었다고 공부를 포기한 고3 학생들도 진석이가 변하는 것을 보면서 뜻을 정해 다시 시작하겠다고 결심한다. 나는 이 책을 보는 여러분에게 꼭 이야기하고 싶다. 아직 늦지 않았다. 여러분의 꿈과 비전을 포기하기에는 아직 여러분에게 남겨진 가능성과 역전의 기회가 너무 많다. 그러니 이 책을 통해 여러분 모두 새롭게 시작하기를 부탁한다.

　이 책이 나오기까지 수고해 주신 고즈윈 가족들에게 감사드린다. 특별히 고세규 사장님께 감사드린다.

　그리고 오랜 기간 병들고 유약한 자식을 위해 지금까지 사랑과 눈물로 키워 주신 어머니께 진심으로 감사드립니다. 교통사고 후유증으로 다리를 저시면서도 부족한 자식 뒷바라지를 위해 예순이 넘은 나이에도 지금까지 묵묵히 일하시는 아버지께 진심으로 고개 숙여 감사드립니다. 두 분께 진심으로 감사드립니다.

2005년 11월
김동환

책머리에

contents

내 인생의 보물,
아침형 공부 습관

마음으로 품고 생각으로 쥘 수 있는 것은 손으로도 쥘 수 있다고 했다. 만약 다시 시작해 보고 싶다면, 다시 도전할 마음이 생겼다면, 다니엘 마음관리와 다니엘 아침형 학습법은 꿈을 이루는 좋은 도구가 되어줄 것이다.

청소년 시절부터 시작한 다니엘 아침형 공부 습관은 내 인생의 가장 큰 보물이다. 내가 서울대학교에 합격할 수 있었고 대학에서 좋은 성적으로 졸업할 수 있었던 가장 큰 비결은 바로 다니엘 아침형 학습법에 있다. 나는 허리디스크로 고3 때부터 지금까지 고생하고 있다. 신경외과 레지던트인 동생은 내 MRI 사진을 보고는, 평생 완치가 되지 않으니 통증을 잘 참으면서 허리 주변 운동을 꾸준히 하며 살라고 말했다.

대학 시절 나는 하루 걸러 병원에서 치료를 받아야 했다. 그리고 매일 허리 근육 강화 체조와 근력 운동을 해야 했다. 우리 집에서 대학까지는 왕복 약 4시간 정도 걸렸다. 나는 금요일 저녁, 토요일 오후, 일요일 내내 교회에서 대학부 리더로 봉사했다. 일주일에 세 번 어려운 친구들에게 공부를 가르쳐 주는 일도 했다. 매일매일 해야 할 공부도 많고 해야 할 일도 많았다. 건강도 나빴다. 그런데 어떻게 공부를 잘하는 학생들이 모였다는 서울대학교에서 좋은 성적으로 졸업할 수 있었을까? 그 비결을 묻는 분들이 참 많고, 많은 학생들과 학부모님들이 궁금해하신다. '나보다 별로 특별한 점도 없는데, 어떻게 평점이 99점이 넘는 성적으로 서울대학교를 졸업했을까?' 하고 생각하는 것이다.

그것은 바로 청소년 시절부터 습관이 된 다니엘 아침형 학습법 덕분이다. 나는 가능하다면 한국의 모든 청소년들이 이 학습법을 실천하는 다니엘 아침형 학생이 되기를 소망한다. 21세기는 글로벌 무한경쟁 시대다. 한국은 미국처럼 자원과 부가 많은 나라가 아니고 중국처럼 큰 나라도 아니다. 하지만 우리에게는 뛰어난 인적자원이 있다. 그런데 안타깝게도 한국의 많은 청소년들이 자신이 가진 뛰어난 재능과 실력을 제대로 발휘하지 못한 채 좌절하는 경우가 많다.

중학교 때 일찍이 공부에 흥미를 잃어버려서, 고등학교에 와서는 수업을 따라가지 못해 공부를 포기하는 학생들이 있다. 중학생인데도 불구하고 벌써 공부를 포기한 채 오락과 텔레비전으로 하루하루를 흘려보내는 학생들도 있다. 고등학교 때 공부를 열심히 하지 못해 원하지 않는 대학, 원하지 않는 학과에 다니기에 황금 같은 대학 4년을 그냥 흘려보내는 대학생도 있다. 안타까운 일이다. 시기를 놓쳤다고 하나님께서 주신 귀한 자신의 재능을 갈고 닦고 준비하지 않고 그냥 대충 사는 후배들이 너무 많다.

나는 그런 친구들에게 그들이 발견하지 못한 자신의 재능과 새로운 희망과 역전의 가능성을 전해주기 위해 강의해 왔다. 그리고 자신의 진가를 깨닫지 못한 채 방황하던 친구들이 얼마나 멋지고 새롭게 인생을 변화시켰는지도 보아왔고 지금도 보고 있다. 다음 이야기를 한번 천천히 읽어보기 바란다.

》》》 아무리 출신 성분을 자세히 살펴봐도 빅토르가 뭔가 특별한 학생이었으리라고 생각되는 구석은 없었습니다. 도리어 그는 일반 학생들보다 약간 뒤떨어지는 학생이었으며, 게다가 문제아였지요. 그의 나이 열다섯 살이 되었을 때, 고등학생이던 그에게 선생님은 "빅토르 세리비리아르코프는 열등생이야!"라고 말했으며, 덧붙여 학교를 그만두고 나가서 장사나 배우는 것이 더 나

을 것이라고까지 했습니다.

그 말을 받아들인 빅토르는 학교를 그만두었으며, 장사를 배우기 시작했습니다. 그 뒤 17년간을 이 직업, 저 직업 떠돌았습니다. 목적도 없이 떠도는 그의 삶은 마치 자신은 열등생이라는 사실을 증명이라도 하는 듯했지요. 하지만 그의 나이 서른두 살이 되던 해, 그의 인생을 완전히 바꾸는 놀라운 일이 벌어졌습니다.

그 해, 그는 어디서, 무슨 동기로, 누구에게인지는 몰라도, 아이큐 테스트를 받았지요. 그 결과, 사람들은 그가 아이큐 161인 천재임을 알았습니다. 보통 사람들은 아이큐가 90에서 110 사이인데, 정말 놀라운 일이 아닐 수 없었습니다.

그날 이후로, 빅토르의 모든 것이 바뀌었습니다. 그가 정말 천재다운 행동을 시작한 거지요. 오늘날 사람들 사이에서 그는 저명인사가 되어 있습니다. 방랑자의 삶을 버리고 아주 성공적인 비즈니스맨이 되었으며, 책도 여러 권 저술했고, 여러 가지 새로운 것들을 발명하여 특허도 받았습니다. 이제 그는 아이큐가 140 이상인 사람들만 들어갈 수 있는 국제멘사협회 의장이기도 하지요. 자기 자신이 누구인지를 깨닫는 순간, 빅토르는 완전히 다른 사람으로 바뀐 것입니다.

빅토르의 예에서 보듯이, 우리 자신이 자기 스스로를 바라보는 시각에 따라 자신이 결정된다는 것을 아십니까? 우리는 흔히 특별한 사람이 우리를 어떻게 평가하느냐에 따라 우리 자신을 바라보는 시각이 달라지곤 하지요. 그들이 하는 말을 듣고 그대로 행동하기 시작합니다. 우리는 자신이 실패자라고 믿으면 실패자처럼 행동하게 되고, 저능아라고 믿으면 저능아처럼 행동하게 됩니다.

- 《다니엘 마음관리 365일》 중에서

출강하는 학원마다 나의 강의를 듣는 학생들에게 빅토르 이야기를 해준다. 그리고 얼마든지 현재의 내가 달라질 수 있다는 것을 이야기한다. 그리고 함께 뜻을 정해 공부를 시작한다. 이렇게 함께 공부하면서 나는 사람은 언제든지 또 얼마든지 달라질 수 있는 존재임을 확인하였다. 아무리 성적이 바닥이고 시간을 몇 년 아니 십 년 이상 낭비했어도 새로운 희망과 꿈을 갖고 자신의 진정한 재능을 발견하면 그 사람은 달라졌다. 비록 과정이 힘들고 어려워도 서로 격려하며 인내하고 공부하면 새로운 미래가 펼쳐지는 것을 보았다.

책머리에 언급한 25살 강진석 학생의 편지를 소개한다.

>>> 나는 25살의 청년이다. 대학에서는 유도를 전공했고 얼마 전 해병대를 전역했다.

학창시절 괴롭힘을 당하던 내 자신이 너무 한심해서 시작한 운동이 나의 길이 되었다. 삥을 뜯기는 입장에서 뜯는 입장이 되어 보고 싶었다. 물론 학창시절 공부와는 담을 쌓고 지냈다. 항상 평균 50점을 조금 넘었던 것으로 기억한다. 그런 내가 대학 1

학년 겨울방학 때 우연한 기회로 하나님의 살아 계심을 체험하고 그분의 영광을 위해 살기로 마음먹었다. 그 후 해병대에 자원 입대하였고 군 복무 중 의료 선교의 꿈을 꾸게 되었다.

새로운 목표가 생긴 것이다. 하지만 내가 생각해도 그것은 현실성이 없어 보였다. 누구나 다 잘한다는 초등학교 때조차 나는 공부를 못하는 열등생이었다. 그런 내게 의과대학 진학이라는 목표는 허공에 떠 있는 몽상과도 같았다.

하지만 나는 도전하고 싶었다. 날 위해 몸 바쳐 죽으신 예수님을 위해 이 한 몸 바쳐 드리고 싶었다. 그런 꿈을 꾸게 될 즈음에 휴가를 나와 《다니엘 학습법》을 접하게 되었다. 그 책에서 나는 앞으로 내가 해야 할 공부의 자세를 배우게 되었다.

그 후 전역을 하고 공부를 시작하게 되었다. 처음에는 도무지 무엇을 어디에서부터 시작해야 할지 막막하기만 하였다. 그러던 중 하나님의 도우심으로 정말 뵙고 싶었던 김동환 선생님의 강의를 들을 수 있게 되었다. 그리고 중학교 수학교과서와 기초영문법을 시작으로 본격적인 공부를 하게 되었다. 물론 쉽지 않았다. 하지만 그 쉽지 않은 길을 헤쳐갈 수 있는 무기가 내게는 있었다.

그것은 바로 다니엘 마음관리 시간과 다니엘 아침형 학습법의 효율성이었다. 먼저 다니엘 마음관리 시간은 내게 공부할 수 있는 원동력을 주는 시간이었다. 매일 새벽 4시 30분에 일어나 내가 믿는 하나님께 기도하고 성경 말씀을 읽는 식의 마음관리 시간은 여러 가지 요인으로 혼란스럽고 두려운 나의 마음속에 평안함을 가져다 주었다. 다시 공부를 시작하는 것에 대해 집안의 반대가 심했던 터라 그와 같은 환경에서 마음이 흐트러지지 않고 공부에 전념할 수 있었던 것은 마음관리의 힘이었다. 만일 너무 늦게 일어나서 마음관리를 하지 못하는 날에는 스스로 자괴감과 자격지심에 빠져 자포자기로 하루의 삶을 망치기 일쑤였다.

그런 과정을 통해 다니엘 마음관리의 소중함과 중요성을 몸소 깨달을 수 있었다. 나는 지금도 마음관리를 하며 공부를 하고 있다. 일 년여 시간으로 습관이 된 마음관리 시간은 이제 나의 공부를 계속 이끌어갈 수 있는 힘이자 내가 가야 할 방향을 가르쳐 주는 나침반과도 같다.

반드시 주의할 점은 만약 늦게 일어났다 해도 하루의 시작은 반드시 마음관리로 해야 한다는 것이다. 그래야만 자책감에 빠지지 않고 그 하루에 최선을 다할 수 있다. 또 하루에 한 번으로는 부족하다. 충전지에 자주 충전을 해야 하듯 아침 마음관리의 힘은 오후가 지나 저녁 때가 가까워지면 서서히 약해지기 시작한다. 하루 동안 쌓인 피곤과 공부로 인해 점점 마음의 힘이 빠지고 지친 결과이다. 바로 이러한 순간, 즉 저녁식사를 할 무렵쯤에 마음관리 시간을 30분 정도 다시 가지면 하루의 공부로 지쳤던 마음이 놀랍도록 회복되는 것을 경험할 수 있다. 이 글을 읽는 친구들에게 반드시 하루에 두 번씩 마음관리 시간을 가질 것을 강력히 권한다. 마음관리의 효력은 그것을 실행하는 자만이 누릴 수 있는 특권이다.

또 하나 알아야 할 최고의 공부 방법이 있다. 그것은 바로 다니엘 아침형 학습이다. 마음관리를 통해 마음의 평안을 부여받은 직후의 시간은 대략 새벽 5~6시 사이일 것이다. 이때부터 하는 2시간 가량의 수학 공부는 하루 중 가장 공부가 잘 되는 시간에 하는 것이다. 실제로 경험해 본 바에 따르면 이때의 아침시간은 정말 머리가 맑다. 아무것도 안 쓰여 있는 백지와 같은 두뇌 상태이다.

이 상태에서 하기 싫고 어려운 수학 공부를 하면 거짓말처럼 문제가 쉽게 풀리고 어려운 개념들이 빠르게 이해되는 것을 경험할 수 있다. 이것은 다니엘 마음관리와 다니엘 아침공부의 합작품으로 둘 중 어느 것 하나도 소홀히 할 수 없는 이유가 바로 여기에 있다.

나는 앞에서 언급했듯이 학창시절에는 수학 공부를 거의 해 본 적이 없다. 그런 내가 1년 반 사이에 중학교 1, 2, 3 교과서, 고등학교 수학10-가·나, 수1, 수2를 한 번 이상씩 정리했다면 믿겠는가? 거짓말 같지만 엄연한 사실이다. 이것은 내가 직접 체험한 다니엘 마음관리와 다니엘 아침공부의 효과이다. 25살의 두뇌는 10대 청소년들에 비해 암기력도 떨어지고 공부 내용을 소화하는 속도도 매우 느리다. 그런 내가 이 정도로 효과를 보고 있다. 하물며 이 글을 읽고 있는 청소년들이 다니엘 마음관리와 다니엘 아침공부를 계속 해 나갈 수 있다면 엄청난 효과를 볼 것이다. 내가 그것을 보장한다.

물론 나의 공부는 미완성 상태에 있다. 아직 의과대학에 진학할 정도의 실력을 갖추지 못했다. 하지만 이제 나는 확실히 말할 수 있다. 나의 꿈은 더이상 몽상이 아니라 아주 실제적이고 구체적으로 다가오고 있다고. 그리고 그것을 가능하도록 만들어 주는 것이 바로 다니엘 마음관리와 다니엘 아침공부라고. 혹시 이 글을 읽는 청소년 중에 너무 늦었다고 생각하는 사람이 있는가? 그렇다면 나의 글을 읽고 희망을 얻어 다시 시작했으면 하는 바람이다. 내 나이 25살, 가장 부러운 것이 있다면 바로 교복을 입고 등교하는 청소년들이다. 하지만 지금 이렇게 공부할 수 있는 것만으로도 감사하며 하루하루 최선을 다하고 있다.

마음으로 품고 생각으로 쥘 수 있는 것은 손으로도 쥘 수 있다고 했다. 만약 다시 시작해 보고 싶다면, 다시 도전할 마음이 생겼다면, 다니엘 마음관리와 다니엘 아침형 학습법은 꿈을 이루는 좋은 도구가 되어줄 것이다. 부디 선한 뜻을 품고 새로이 도전하길 바란다.

많은 학생들이 세상의 기준으로, 현재의 기준만으로 자신의 재능과 진정한 가치를 고려하지 않은 채 성급하게 단정 짓곤 한다.

진석이의 경우에서 볼 수 있듯이 현재의 기준, 세상의 기준 역시 객관적 기준이 아닌 주관적 기준일 뿐이다. 정말 중요한 것은 나도 뜻을 정하면 변할 수 있다는 사실이다. 아무리 늦었다고 생각해도 아무리 시간을 낭비했다고 해도 그것은 숫자에 불과하다. 역전의 기회는 언제든지 있다.

진석이의 편지에서 보았듯이 나는 다니엘 아침형 학습을 통해 어떤 학생이든지 새롭게 변화될 수 있다고 확신한다. 이 책에 나온 다니엘 아침형 공부와 마음관리 방법을 통해 새롭게 뜻을 정하고 새로운 인생을 시작할 수 있음을 확신한다. 진석이처럼 늦게 시작해도 가능한데, 현재 초중고 학생들이 다시 시작하는 것이 불가능하다는 것은 말이 되지 않는다.

이 책에 나온 30일 완성 다니엘 아침형 학습 7단계 계획은 흘려보낸 시간과 막연하게 생각하던 미래를 새롭게 보강하고 바꿀 수 있는 꿈의 학습법이다. 꿈을 현실로 바꾸는 상상 이상의 학습법이다. 헛되이 흘려보낸 과거를 보상하고 회복할 수 있는 역전의 학습법이다.

자, 이제부터다. 30일간의 다니엘 아침형 학습 7단계 훈련소에 입소한 것을 환영한다. 바로 입소한 오늘부터 여러분의 과거, 미래, 현재는 달라지기 시작하고 있다. 다 함께 렛츠 고!

I

네 가지 공부 스타일

다니엘 아침형 학습법을 완성하기 위해서는 우선 네 가지 공부 스타일을 알아야 한다. 그러면 다니엘 아침형 학습법으로 공부해야 하는 분명한 이유를 발견할 수 있다. 여기서 얻은 분명한 깨달음은 30일간의 다니엘 아침형 학습 7단계 훈련과정에서 힘들고 포기하고 싶을 때 여러분을 지켜줄 것이며, 훈련을 끝까지 마칠 수 있게 도와줄 것이다.

다니엘 아침형 학습법 강의를 일반학원에서 시작한 지도 어느덧 1년이 훌쩍 넘었다. 여기저기에서 이 강의를 하면서 나는 한 가지 분명한 확신을 얻었다. 그것은 다니엘 아침형 학습법의 저력은 인생을 바꿀 정도로 엄청나다는 것이다. 일반학원에서 강의하면서부터 나는 많은 학생들을 만날 수 있었다. 매주 강의를 통해 나는 학생들과 주기적으로 만나며 그들의 생활을 지속적으로 살펴볼 수 있었으며, 그들의 삶을 알게 되었고 그들을 이해할 수 있었다.

요즘 청소년들은 대개 늦게 자고 늦게 일어난다. 학교에서 야간 자율학습을 하거나 학원에 다녀오면 대개 밤 10시 이후가 된다. 피곤하고 지치기에 집에 와서 간식을 먹으며 텔레비전을 보기 시작하면 금세 11시가 넘는다. 몸과 마음이 무척 지친 상태이다. 그런데 이 시간부터 크게 네 부류의 학생으로 나누어진다. 여러분은 현재 어떤 부류의 학생인지 잘 파악해 보기 바란다.

컴퓨터와 텔레비전파

자기 전까지 텔레비전을 보거나 인터넷과 오락을 하다가 그냥 잔다. 대략 12시 30분에서 1시 정도 잠자리에 든다. 더 늦게 자는 마니아들은 2시나 3시에 자는 경우도 있다. 이 경우 대개 아침에 늦잠 자는 것이 당연하다. 늦잠을 잤기에 아침밥도 제대로 못 먹고 허둥지둥 집에서 나온다. 물론 미리 책가방도 챙겨놓지 못했기에 학업 준비물이나 그날 교과서 또는 공책 등을 빼먹을 때가 아주 많다.

오전 수업이 진행되는 동안 밤에 잠을 충분히 못 잤기에 수업시간 내내 비몽사몽일 때가 많다. 점심을 먹고 나서야 겨우 잠이 깬다. 그러나 오후 수업이 시작되면 식곤증으로 인해 첫 번째 오후 수업 역시 비몽사몽일 때가 많다. 한마디로 말해 하루 종일 제대로 수업을 들을 수가 없다.

집에 오면 잠시 간식을 먹으며 쉰 뒤 바로 공부에 돌입하는 스타일이다. 취침시간은 대략 12시 30분에서 1시 사이이다. 늦게까지 하는 학생들은 2시까지 공부하는 경우도 있다. 대단히 열심히 노력하는 학생들이다.

학교가 끝난 다음 야간 자율학습 혹은 학원 수업을 받고 지친 몸과 마음으로 집에 돌아오면 대개 간식을 먹으면서 쉬고 싶어진다. 조금씩 쉬다 보면 아예 더 많이 쉬고픈 생각이 든다. 그런데 이들은 꿋꿋하게 지친 몸과 마음을 엄청난 의지로 다시 추슬러 심야 공부를 시작한다.

11시부터 12시 30분 혹은 1시까지 공부를 한다고 할 때 그 시간은 정말 무척이나 잠이 오는 시간이다. 아무리 저녁형 학생일지라도 하루 종일 학교에서, 학원에서 생활하다 보니 몸과 마음이 지칠 대로 지쳐 있다. 최상의 컨디션으로 심야 공부에 임하기에는 어려움이 있다. 한마디로 공부는 하되 효율성이 떨어진다.

피곤한 상태로 공부할 경우 뇌세포가 활발하게 활동하지 못하고 뇌로 가는 산소 공급량도 줄어들기에 장기(長期) 기억 상태로 기억이 저장되기보다는 단기(短期) 기억 상태로 저장되는 경우가 많다. 졸음과 싸워 가며 공부한 기억이 있는 사람들이라면 이 말을 쉽게 이해할 것이다. 밤늦도록 공부를 많이 한 것 같은데 막상 시험을 보면 성적이 잘 나오지 않는 학생들이 많다. 바로 이와 같은 경우다.

나의 강의를 듣는 강유미 학생은 전형적인 저녁형 학생이었다. 하지만 지금은 다니엘 아침형 학생이 되어 매일매일 스스로 아침을 깨우고 있다. 전형적인 저녁형 학생에서 다니엘 아침형 학생으로 변화하는 과정 중에 유미가 느낀 점과 체험을 참고하면 큰 도움이 되리라 생각한다.

>>> 나는 아침에 일어나 학교에 가는 것이 제일 힘들었다. 아침잠이 너무 많아서, 초등학교 때부터 담임선생님께 지각 좀 그만하라는 얘기를 자주 들어야 했다. 작년만 해도 늦잠 때문에 자질구레한 지각 외에 사고지각도 무려 2번이나 있었다. 밤에는 새벽 1시 2시가 되어도 잠이 안 와서 걱정이고, 아침엔 엄마한테 몇 대씩 맞아야 일어날 수 있었으니 늘 이 점이 걱정이었다. 그런데, 아침공부라니. 그 시간에 일어나는 것도 불가능해 보였다.

김동환 선생님께서는 그 시간에 하는 공부가 밤공부보다 훨씬 좋다고 하셨지만, 나는 그때까지 늦은 밤에 엄청난 집중력으로 공부했던 나를 생각하며, 속으로는 '에이, 그건 사람마다 달라요. 난 밤에 집중이 잘되는 체질이라고요.' 하며 은근히 아침 공부를 무시했었다. 하지만 막상 시작해 보니, 체질은 자기 하기 나름인 것 같다.

물론 처음에는 알람으로는 일어나지 못해서 매일 새벽기도 가시는 아빠한테 부탁해야 했는데, 일어나더라도 책상에 엎드려 자기도 하였다. 밤 10시 이후 방영되는 재미있는 TV 프로와 침대 위에서 멀뚱멀뚱 잠이 안 오는 시간들이 아깝게 느껴지기도 하였다. 그런데 곧 습관이 돼서 저녁 10시 반쯤 되면 잠이 쏟아지고 아침에 알람이 채 울리기도 전에 스스로 잠이 깨기도 한다. 아무도 깨어나지 않은 조용한 그 시간이 좋아졌고, 아침을 맞는 느낌도 정말 좋다.

다니엘 아침공부로 인한 나의 가장 큰 변화는 학교 생활이다. 자다가 겨우 일어나 학교에 가면, 대개 1교시는 열심히 졸다가 끝났다. 새벽 2~3시까지 안 자고 있었으니 당연한 일이다. 친구들도 대개 학원 다니면서 밤늦게까지 공부하고 학교 와서는 잔다. 그런데 아침공부를 하고 나서는 지각도 안하고, 미리 머리를 깨워두어서인지, 수업시간에 집중력도 훨씬 좋아졌다. 전에는 지루하기만 하던 수면제 선생님 시간에도 열심히 수업을 듣게 된다. 그렇게 싫어했던 지루한 수업도 자꾸 듣다 보니 좋아진다.

그러다 보면 선생님께서 나를 보면서 수업하신다는 느낌을 받는데, 그 때문에 더욱더 수업시간이 즐거워진다. 내신은 수업

시간에 배운 것을 시험 보는 것이 맞다. 특히 시험기간이 얼마 남지 않았을 때는 선생님 말씀 한마디 한마디가 점수다. 선생님들께서 시험문제를 수업 중에 얼마나 많이 말씀하시는지를 알고 나면 절대 수업시간에 자지 못한다. 덕분에 지난번 시험에서는 중학교 때부터 아무리 학원을 열심히 다녀도 95점을 못 넘던 국어(문학)도 100점 받을 수 있었다.

다니엘 아침공부를 하면 밤에 졸릴 때까지 공부하는 것보다 공부할 수 있는 시간이 짧아서 걱정도 했는데, 학교에서 수업을 잘 듣게 되어 전처럼 수업시간에 자고 따로 공부할 필요없이 복습만 하면 돼서 오히려 시간이 절약된다. 더구나 남들보다 공부할 시간이 없다는 생각 때문에 자투리 시간 활용률도 훨씬 높아진다.

내가 하는 다니엘 아침형 공부는 이렇다. 우선 김동환 선생님 말씀대로 일어나서 제일 먼저 기도하고, 마음관리하고, 수학 공부를 한다. (성경은 자기 전에 온 가족이 함께 읽는다.) 김동환 선생님의《다니엘 마음관리 365일》책은 날짜에 맞춰 하루에 하나씩만 읽는 게 힘들 정도로 중독성이 있다. 하나 읽으면 하나 더 읽고 싶고, 또 하나 또 하나…. 모든 글이 마음의 양식이 된다. 공부에 치열해지면서 굳어졌던 마음이 따뜻해지는 느낌이 든다. 사랑, 우정, 신앙, 공부 등 모든 면에서 그동안 잊고 있던 소중한 감정을 일깨워준다. 그러면서 하루생활에 그날 이른 아침에 읽었던 글을 조금씩 적용해 본다. 부모님의 사랑을 다시 깨달아 효도 한번 해 보기도 하고, 마음을 다시 잡고 열심히 공부하기도

한다. 어느새 다니엘 마음관리는 내 생활의 활력소가 되어 있다.

그리고 아침공부로는 수학만큼 좋은 공부가 없다. 영어, 암기 과목, 언어 다 해봐도 역시 수학으로 돌아오게 된다. 아마 수학은 다른 과목이 읽기 위주인 데 반해 문제를 풀기 위해 머리를 계속 굴려야 하고, 손을 계속 움직이며 풀어나가기 때문인 것 같다. 더구나 숙면 뒤에 맑은 정신으로 공부하는 수학은 어느 때보다 문제가 잘 풀려서 막 풀다 보면 내가 언제 이만큼이나 풀었지 싶을 때가 많다.

평소 풀던 시간대로 계획하면 시간이 남는다. 또한 수학이 벼락치기가 절대 안 되는 과목임을 고려할 때, 매일 아침 수학 공부는 전체적인 공부의 중심이 되어 최고다. 고2가 되면서 자연계를 선택해서 수학이 8단위로 늘어나 첫 시험을 볼 때는 전날 걱정되어 울기도 하고, 시험 전에 청심환까지 먹었었다. 하지만 다니엘 아침공부로 수학을 꾸준히 다져 놓으니 시험보기 전날 오히려 그 어떤 과목 시험 전날보다 편안하고 믿는 마음을 가질 수 있게 되었다.

다니엘 아침형 공부로 나는 많은 것을 얻게 되었다. 나처럼 저녁형 학생인 친구들에게 말하고 싶다. 꼭 다니엘 아침형 학습 스타일로 공부해 보라고. 분명 좋은 결과가 있을 것이라고.

고2 강유미

이들은 학원 혹은 야간 자율학습을 마친 후에 집에 돌아오면 배도 고프고 피곤하기에 간식을 먹으며 쉰다. 그리고 가급적 일찍 잠자리에 든다. 적어도 11시에는 잠을 자려고 한다. 이들은 아침 공부가 얼마나 좋은지 잘 알고 있다. 몸과 마음이 지친 상태에서 졸음과 싸워 가며 공부하기보다는 아예 잠을 잔다. 피곤한 상태로 2시간 공부하기보다는 푹 잠을 잔 다음 기분 좋게 아침에 2시간 공부를 한다. 여기 속한 친구들은 대개 최상위권 학생들이 많다.

이들은 공부의 효율성과 질적 공부의 소중함을 이미 체득한 친구들이다. 아침에 대략 5시 정도면 일어난다.《다니엘 3년 150주 주단위 내신관리 학습법》에서 이미 말했지만 중학생의 경우 7시간, 고등학생의 경우 6시간 정도는 잠을 자는 것이 좋다. 그 이상 자고 있다면 수면시간 조정을 통해 조금씩 고쳐 보는 것이 좋다. 물론 고등학생의 경우 7시간 자더라도 깨어 있는 시간을 정말 잘 활용하고 아침공부를 적극적으로 한다면 남들보다 1시간 더 자더라도 학업에서 뒤처지지 않을 것이다. 초등학생의 경우는 7~8시간 정도, 대학생의 경우는 6~7시간 정도면 무난하다.

아침에 대략 5시에 일어나면 이들은 씻고 잠을 깬 후 바로 공부계획에 따라 아침공부를 시작한다. 7시까지는 공부를 할 수 있다. 이들은 숙면 후 아침공부를 하기에 공부 효율이 아주 높다. 하지만 이러한 공부 스타일보다도 더 엄청난 공부 형태가 있다. 바로 다니엘 아침형 학습법이다.

4. 네 번째 유형
다니엘 아침형 학생

자율학습과 학원 공부로 몸과 마음이 지친 상태, 시계는 벌써 10시 15분을 가리킨다. 간식을 먹으면서 오늘 하루 지친 몸과 마음에 휴식을 준다. 10시 30분 정도가 되면 잠잘 준비를 한다. 우선 씻고 잠잘 준비를 다 한 다음 조용히 잠자리로 간다.

다니엘 아침형 학생의 특징은 자기 전부터 나타난다. 피곤하지만 침대에 눕기 전에 잠시 오늘 하루를 돌아보는 기도시간을 갖는다. 무한 성적 경쟁 속에서 학생들의 영혼은 지쳐 간다. 아침부터 저녁까지 학생들은 엄청난 학업 스트레스와 중압감에 눌려 지낸다. 잠을 잘 때에도 이 스트레스와 중압감에서 벗어나기가 쉽지 않다. 중압감에 시달리는 친구들 스스로 이런 스트레스와 중압감을 극복하기란 쉽지 않다. 이럴 때는 하나님께 도움을 구하는 것이 좋다. 자기 전에 기도하면서 하루를 반성하고 중압감과 스트레스에서 벗어나 숙면을 취할 수 있도록 하는 것이다. 하나님은 숙

면을 주실 수 있는 분이시기 때문이다.

| 시 127:2 |

너희가 일찍이 일어나고 늦게 누우며 수고의 떡을 먹음이 헛되도다.

그러므로 여호와께서 그 사랑하시는 자에게는 잠을 주시는도다.

It is vain for you to rise up early, To retire late, To eat the bread of painful labors; For He gives to His beloved [even in his] sleep.

그리고 내일 아침 일찍 일어날 수 있도록 기도한다. 아침에 일찍 일어나는 것은 쉽지 않다. 따라서 겸손하게 하나님께 내일 아침 일어날 수 있게 도와 달라고 기도할 것을 권한다. 실제로 이렇게 기도를 하면 정말 아침에 원하는 시간에 일어날 수 있다. 이런 경험을 직접 체험한 최연석 학생의 이야기를 들어보자.

〉〉〉 나는 2005년 1월에 김동환 선생님을 알게 되었다. 중학교 2학년 1년을 미국에서 살아서 한국의 교과과정을 잘 알지 못하고, 한국 중학교 시스템을 잊은 지도 오래여서 3학년에 올라가면서 걱정을 많이 한 것이 사실이다. 1학년 때는 어떻게든 내 방법대로 해서 그나마 성적이 나왔지만 3학년과 1학년은 천지차가 아닌가. 이때 김동환 선생님을 학원에서 만났다. 그분의 강의를 듣던 중 한 가지 처음 보는 생소한 것이 있었다. 바로 '다니엘 아침형 공부' 다.

다니엘 아침형 공부는 내가 전에는 생각하지도 못한 시스템이었다. 나는 주로 밤늦게, 가장 늦게는 2~3시까지 공부하고, 다음날 7시 30분에 일어나서 허겁지겁 학교를 가는 것이 일상이었다. 그런데 10시 30분에 자고 다음 날 4시 30분에 일어나서 기도하고, 성경 보고, 마음관리하고 2시간 공부를 하라니…. 나와는 굉장히 멀게만 느껴졌다.

하지만 이를 악물고 다니엘 아침형 공부를 시작하였다. 처음에는 아침에 일어나지도 못해서 겨우 눈만 뜨고 다시 자는 것이 반복되고, 아예 눈도 안 뜨는 날도 다반사였다. 하지만 하나님께 기도하고, 그분의 의지로 깨워 달라고 구하자, 그 다음날 아침부터 4시 30분이면 정확히 일어나지는 것이었다. 정말 나로서는 무척이나 신기하고 감사한 일이었다. 그러기를 몇 달, 평소보다 3시간 이른 시간인 4시 30분에 일주일에 일곱 번(매일) 일어났다.

매일 아침 김동환 선생님께서 일러 주신 대로 수학 공부를 하였다. 그리고 나서 중간고사를 보았다. 수학은 하나 틀리고, 영어와 국어는 만점을 받았다. 1학년 때와 비교할 때 크게 향상된 실력을 보니 정말 다니엘 아침공부는 나를 지켜주고, 일깨워 주는 공부임을 확신할 수 있었다.

아침공부는 저녁에 하는 공부의 5배 효과를 낸다. 저녁에 5시간 공부하는 것과 아침에 1시간 공부하는 것이 비슷하다는 말이다. 저녁에 피곤한 상태에서는 공부가 잘 되지 않을 뿐더러, 조금만 뭘 해도 시간이 금방 지나간다. 하지만 아침공부는 신기하게도 시간이 정말 느리게 간다. 벌써 문제를 4장 풀었는데 10분 밖에 소요되지 않는 등 시간이 잘 안 간다. 그래서 더 많은 양의 공부를 할 수 있다.

아침에 일어나면 나는 우선 기도하고, 성경 한 장씩 읽고, 김동환 선생님의 《다니엘 마음관리 365일》 책을 본다. 그리고 다시 기도한다. 처음 기도는 아침에 또 깨워 주셔서 감사하고, 오늘 하루도 하나님 안에서 하나님의 영광을 위해 사는 자녀가 되게 해주십사 하는 기도이다. 성경은 한 장씩 구약부터 꾸준히 읽는다. 그리고 선생님의 강의 숙제에 따라 요약과 느낀 점을 노트에 적어 둔다. 《다니엘 마음관리 365일》을 읽고 난 후 내 생활의 반성과 함께 그 느낀 점을 다시 노트에 적는다. 그리고 기도하는데, 지금부터 할 공부는 하나님을 위한 공부이고, 하나님의 지혜 없이는 할 수 없다고 솔직히 고백한다.

그러면 하나님께서 지혜를 주신다. 나는 그 지혜를 경험한다. 야고보서 1:5에 말씀하시지 않으셨던가. "너희 중에 누구든지 지혜가 부족하거든 모든 사람에게 후히 주시고 꾸짖지 아니하시는 하나님께 구하라. 그리하면 주시리라." 이대로 굳게 믿고 행하면 정말 주신다고 나는 단언할 수 있다. 그 후 하나님의 지혜를 받아 2시간 동안 공부한다. 때로는 집중이 잘 되지 않을 때가 분명 있다. 그럴 때마다 다시 기도한다. 집중할 수 있는 의지를 달라고 기도한다. 그러면 주신다. 꼭 주신다.

아침마다 이렇게 하나님과 대화하고, 공부한 후 학교에 가면 절대로 멍하니 앉아 있지 않는다. 활기차고, 이야기도 많이 하고, 마음관리를 통해 하나님께서 주시는 긍정적인 마음도 저절로 생겨난다. 그뿐만 아니라 다니엘 아침형 공부를 통해 성적도 향상된다. 놀라울 정도로 좋아진다. 다니엘 아침공부가 아직 습관화되어 있지 않더라도 계속 노력해야 한다. 그럴 만한 가치가 충분하다. 그리고 한 번 하면 계속 하게 되어 일어나는 것이 별로 어렵지 않게 된다. 일주일에 7번 모두 다니엘 아침공부를 완성하게 되는 날까지 열심히 노력하자. **중3 최연석**

최연석 학생처럼 하나님께 기도하며 저녁을 마무리하면 그 다음 날 놀랍게도 거뜬하게 일어날 수 있다. 아침에 일어나면 씻고 바로 공부하는 것이 아니라, 성경 5분, 기도 5분, 하나님과의 경건한 시간을 가진 다음 공부하는 것이다. 이러한 공부 방법은 정말 놀랍다. 크리스천 학생들의 마음속에는 성령 하나님께서 내주하신다. 크리스천은 매일매일 하나님 말씀과 기도 없이는 하루도 정상적으로 살 수 없는 존재이다. 그런데 너무 바쁘다는 핑계로 혹은 공부 때문에 성경도 보지 않고 기도하지도 않는다. 성경은 영혼의 양식이다. 우리 마음의 식사이다. 기도는 우리 영혼의 호흡이다.

따라서 정상적으로 식사와 호흡을 하지 않은 채 공부에 집중한다고 해서 그 공부가 제대로 될 리가 없다. 아침에 일어나자마자 5분 성경 보고 5분 기도하는 것은 짧은 시간이지만 크리스천 학생에게는 가장 소중한 시간이라고 할 수 있다. 그러고 나서 5분을 내서 하루 공부 계획과 생활 계획을 세운다. 5분간 스트레칭을 한다.

컴퓨터와 텔레비전파
그래 가는거야!
게임중 방해하지 마시오
저녁형 공부파
졸려~.
아침형 학생
괜찮은데~.
다니엘 아침형 학생
기도와 마음관리로 시작하면 ...

그런 다음 7시까지 집중해서 공부를 한다. 비록 20분이라는 시간을 다른 곳에 사용했지만, 5시부터 7시까지 2시간 내내 공부한 사람보다 훨씬 더 질적으로 깊은 공부를 할 수 있다. 마음이 하나님께서 주시는 평안함과 기쁨으로 새롭게 채워져 있기 때문이다. 하나님께서 주시는 평안함 속에서 공부해 본 적이 있는가? 하나님께서 주시는 지혜와 기쁨을 가지고 공부해 본 적이 있는가? 다니엘 아침형 학생은 바로 이런 평안함과 기쁨과 지혜를 가지고 공부하는 학생이다. 그러므로 남다른 학업 실력뿐만 아니라 튼튼한 신앙도 겸비할 수 있다.

이제 보다 구체적으로 다니엘 아침형 학습법의 장점들을 살펴보자. 도대체 어떤 장점들이 있기에 최강의 학습법이라고 말할 수 있는지 알아보기로 하자.

II

다니엘 아침형 학습법의
장점 7가지

1.
공부에 대한 중압감과
스트레스를 극복할 수 있다

아래의 글을 보면서 조용히 지금 자신의 상태를 한번 확인해 보세요.

>>> 어느 날 한 아버지가 딸을 데리고 서커스 구경을 갔습니다. 거기서 그는 특이한 걸 보았습니다. 8마리의 코끼리가 있었는데 그 코끼리들을 묶고 있는 밧줄이 생각보다 가늘었던 것입니다. 족쇄에 달린 고리에 붙어 있는 그 가느다란 밧줄들은 다시 좀더 굵은 밧줄에 연결되어 있었고, 그 굵은 밧줄은 말뚝에 묶여 있었습니다. 그러나 그 정도로 큰 코끼리라면 힘도 엄청나게 셀 것이고, 그렇다면 그 정도 밧줄쯤은 단숨에 끊어 버리고 그대로 뛰쳐나가 서커스 장을 마구 휘저을 수도 있을 터였습니다.

아버지는 왜 저 지적이고 호기심 많은 동물이 자유롭게 돌아다니고 싶어 하지 않는지 궁금했습니다. 나중에 그는 코끼리들이 돌아다닐 힘이 있는데도 왜 그대로 묶여 있는지 그 이유를 알아보았습니다. 그러다가 코끼리들이 아주 어렸을 때부터 오른쪽 발목을 말뚝에 묶여 지낸다는 사실을 알게 되었습니다. 그러면 코끼리들은 몇 주 동안 묶인 말뚝에서 벗어나고자 안간힘을 써 봅니다. 그러나 서너 주가 지나면서부터 조금씩 조금씩 코끼리들은 자포자기하기 시작합니다. 즉 오른쪽 발목이 묶여 있으면 자유롭게 움직일 수 없다고 스스로 믿어 버리는 것입니다.

이후부터는 아주 가느다란 줄로 묶어 놓아도 코끼리들은 아예 움직이려고도 하지 않습니다. 그 서커스의 코끼리들은 할 수 없다고 믿기 때문에 움직이지 않았던 것입니다. 그 어떤 체인이나 밧줄보다도 마음속의 밧줄이 더 강했던 것입니다.

사랑하는 귀한 후배들, 물론 우리는 코끼리가 아닙니다. 그렇지만 우리 역시 꼭 집어 표현하기는 어렵지만 여러 가지 방식으로 스스로와 주위 환경에 대해서 어떻다고 믿어 버리는 경우가 많습니다. 그 결과 나의 힘과 재능을 제한하는 여러 밧줄들을 끊어 버리지 못한 채 하루하루 사는 경우가 많습니다.

지금 현재 여러분의 새로운 시작을 속박하는 불필요한 밧줄들에는 어떤 것이 있는지요?

- 《다니엘 마음관리 365일》 중에서

이 이야기처럼 수많은 학생들이 현재 여러 마음의 밧줄에 얽매여 괴로워하고 있다. 겉으로는 멀쩡해 보이는 것 같지만 마음이 병들고 지친 학생들이 너무나 많다. 그 일례로 한국 고3 학생들의

1/4이 우울증에 걸려 있다는 신문기사가 실리기도 했다.

한국의 입시환경은 정말 치열하다. 공부를 잘하는 학생이든 못하는 학생이든 누구든지 학생이면 공부와 시험에 대한 중압감과 스트레스를 받는다. 이 스트레스에서 자유로워지려고 어떤 학생은 공부를 포기하거나 심지어 생명까지도 포기해 버린다. 나 역시 대학 때 공부하면서 이 중압감과 스트레스를 많이 느꼈다. 뛰어난 학생들이 서울대에는 많다. 그런 학생들에 비하면 난 거인에게 붙어 있는 벼룩과 같은 존재였다. 공부에 대한 중압감은 시도 때도 가리지 않고 찾아온다. 공부를 할 때도 찾아오고 오락을 할 때도 찾아온다. 심지어 잠자리에 들었을 때도 찾아온다.

이런 중압감을 잊기 위해 학생들은 TV 시청, 이성교제, 인터넷 오락 혹은 인터넷 포르노 사이트에 빠진다. 그러면서 한두 시간 동안 컴퓨터 화면 속에 스스로 빠져 들어가 모든 것을 잊고자 한다. 그러면 머리가 멍해지면서 스트레스가 사라진 듯한 착각에 빠진다. 하지만 잠시일 뿐, 책을 펴면 금세 공부를 못했다는 자책감과 함께 스트레스는 더 강한 강도로 찾아온다. 이런 방식은 공부에 대한 스트레스를 잠시 잊게 해줄 수는 있지만 결과적으로는 더 심한 스트레스를 받게 하고 더 깊은 악순환의 고리에 빠지게 한다.

공부에 대한 중압감을 완전히 없앨 수는 없다. 설사 원하는 대학에 가더라도 마찬가지다. 그곳에는 더 큰 중압감이 기다리고 있다. 대학을 졸업하더라도 취업시험이라는 큰 중압감이 기다리고 있다. 막상 회사에 가더라도 스트레스는 사라지지 않는다. 각종 평가와 승진시험이 매 시기 여러분을 기다리고 있다. 시험에 대한 중압감은 평생 따라다니게 된다. 따라서 이 중압감은 피해야 할 대상이 아니라 극복해야 할 대상이다.

어차피 시험에 대한 스트레스에서 자유로워질 수 없다면 그 스트레스를 극복해야 한다. 그러기 위한 아침 시간 15분의 투자는 스트레스 극복을 위한 투자 시간 대비 최고의 효과를 보장한다. 이는 엄청난 힘을 가지고 있다. 15분이 별 것 아닌 것 같아 보이지만, 매일 아침 15분 동안 다니엘 마음관리 시간을 가진 사람과 그렇지 않은 사람은 하늘과 땅 차이가 난다. 출강하는 학원생들을 대상으로 실제로 시험해 본 결과, 평소 공부를 잘하든 못하든 상관없이 아침 마음관리 시간을 가진 학생의 아침공부가 훨씬 더 잘된다는 것이 입증되었다. 왜 그럴까? 도대체 왜 이런 일이 생겨나는 것일까?

아침 5분 성경, 5분 기도 시간을 가지는 동안 마음속에 도사리고 있던 중압감과 불안, 초조감이 조금씩 사라지기 시작한다. 대신 눈에 보이지는 않지만 살아계신 하나님께서 주시는 평온함이 밀려오기 시작한다. 그 짧은 시간에 과연 그런 일이 일어날 수 있을까 하고 생각할지 모르지만 실제로 해 보면 그것이 사실임을 경험하게 된다.

아침에 보는 성경은 정말 집중이 잘된다. 아침에 일어나 씻고 난 뒤 정신이 개운한 상태에서 하나님 말씀을 집중하여 5분 동안 보는 재미를 우리 청소년들이 느끼기 시작한다면 점점 그 시간을 늘리고 싶은 마음이 들 것이다. 5분 동안 영혼의 양식을 섭취함으로써 이리저리 찢기고 상처 난 자신의 마음이 따뜻하게 회복되는 것을 느끼게 될 것이다.

그런 다음 5분 동안 자신이 정한 기도 제목과 성경 말씀을 보고 깨닫게 된 부분들을 위해 기도해 보라. 하나님의 말씀을 붙잡고 기도하는 것은 놀라운 힘을 가지고 있다. 하나님은 약속의 하나님이시기에 성경을 보고 깨달은 하나님의 말씀에 의지하여 하나님께 기도하는 것은 기도 응답의 지름길이다. 공부하면서 받고 있는 중압감, 학교 생활에서 힘든 것들, 친구나 부모님께 말 못한 여러 고민들, 각종 죄책감, 불안, 초조 등 여러분으로 하여금 지금 이 순간 공부에 집중하지 못하게 하는 모든 마음의 밧줄들을 기도를 통하여 하나님께 낱낱이 고백함으로써 끊을 수 있는 것이다.

나도 모르게 나를 주눅들게 하는 마음의 밧줄들이 우리에게는 많다. 그것을 자신의 힘으로 다 끊어내기란 힘든 일이다. 하지만 우리를 죄악에서 구원하신 하나님, 나를 자녀삼아 주신 하나님, 나를 위해 몸 바쳐 피 흘려 생명을 주신 예수님께는 불가능이란 없다. 우리 힘으로는 할 수 없지만 우리가 하나님을 의지하고 그분께 기도하면 그분은 우리의 기도를 외면하시지 않는다.

| 빌 4:6 |

아무것도 염려하지 말고 오직 모든 일에 기도와 간구로, 너희 구할 것을 감사함으로 하나님께 아뢰라.

Be anxious for nothing, but in everything by prayer and supplication with thanksgiving let your requests be made known to God.

| 빌 4:7 |
그리하면 모든 지각에 뛰어난 하나님의 평강이 그리스도 예수 안에
서 너희 마음과 생각을 지키시리라.
And the peace of God, which surpasses all comprehension,
shall guard your hearts and your minds in Christ Jesus.

나는 이 말씀을 무척 사랑한다. 그리고 청소년 시절부터 힘들
때마다 나는 이 말씀을 붙잡고 기도했다. 하나님께서는 여러분들
이 염려하고 걱정하는 것을 원하지 않는다. 왜냐하면 하나님의 자
녀들에게 염려와 근심은 하나님에 대한 불신앙이기 때문이다. 하
나님이 계시는데, 하나님이 우리 아버지인데 왜 걱정하고 염려하
는가? 하나님께서 서운해 하신다. 하나님께서 우리의 연약함을 아
시기에 이해하고 받아주시지만 서운해 하시고 마음 아파하신다.
그러기에 하나님께서는 우리에게 말씀하신다.
"염려하지 말고 어떤 일이든지 주저 말고 하나님께 기도하렴.
넌 내가 사랑하는 자녀란다. 난 너의 기도에 늘 귀기울이고 있단
다."
이런 하나님께서 계시기에 우리는 염려하는 대신, 걱정하는 대
신, 중압감에 눌리는 대신 하나님께 담대히 나아가 감사함으로 우
리의 염려, 걱정, 불안, 초조, 중압감을 하나하나 다 말씀드릴 수
있는 것이다.

정신과 의사들은 환자들이 찾아와서 자신의 문제들을 솔직히 다 털어놓는 것만으로도 굉장한 치료 효과가 있다고 이야기한다. 내 모든 걱정들을 다 털어놓고 누군가가 들어주면 그것만으로도 큰 힘이 될 수 있다. 그런데 하나님은 여기서 끝나지 않는다. 하나님은 기도를 들어주시기만 하는 것이 아니라 상상할 수 없이 큰 하나님의 평안을 하늘로부터 직접 우리의 마음속에 주신다. 그리고 그 평안은 우리의 마음과 생각을 보호해 준다.

악한 사단은 늘 우리들에게 불안, 초조, 근심, 걱정과 같은 부정적 생각과 자기혐오라는 불화살을 쏜다. 우리는 이 불화살을 피하느라 점점 마음이 위축되고 괴롭다. 미처 피하지 못한 불화살은 마음을 병들게 하고 조금씩 영혼을 파먹기 시작한다. 그리고 우리 영혼을 더 깊이 파고들고자 쉬지 않고 공격해 온다.

이러한 공격으로부터 우리를 보호할 수 있는 방법은 무엇일까? 돈과 권력이 우리 마음을 보호해 줄 수 있을까? 인터넷 오락과 포르노가 우리의 영혼을 보호해 줄 수 있을까? 술과 담배가 우리의 상처 난 마음, 깨어진 마음을 회복시켜 줄 수 있을까? 아니다. 연약한 우리 인간들은 하나님으로부터 오는 하나님만이 주실 수 있는 평안함을 통해 상처 난 마음이 회복 가능하다.

빌립보서 4장 6, 7절 말씀은 하나님께서 우리에게 주신 약속이다. 이 말씀은 거짓이 아니다. 단지 우리가 그동안 이 말씀을 확실히 믿고 나의 것으로 삼아 붙잡고 의지하지 못해서 하나님의 평안함을 누리지 못한 것이다. 이 말씀을 믿고 담대하게 감사함으로 하나님께 기도해 보라. 세상이 알지 못하는, 여러분의 상상을 뛰어넘는 놀랍고 따뜻하고 기쁜 하나님의 평안함이 여러분의 마음을 채울 것이다.

다니엘 마음관리 시간은 바로 이러한 일들이 벌어지는 회복의 시간, 치료의 시간이다. 이 시간을 통해 우리는 공부에 대한 중압감과 스트레스를 내 힘이 아닌 하나님의 힘으로 극복할 수 있다.

2.
공부에 대한 최고 집중력을 발휘할 수 있다

5분 성경, 5분 기도 시간 후에 5분 동안 그날 하루 공부 계획을 세워야 한다. 계획 없이 무조건 열심히 하는 학생과 장기 계획과 단기 계획을 가지고 자신이 그날그날 해야 할 공부 내용을 정확히 알고 하는 사람은 많은 차이가 있다. 방향 관리를 하지 않은 채 무작정 열심히 달려가는 사람은 커다란 시행착오가 생기게 된다. 동쪽으로 가야 할 사람이 무작정 열심히 달리기만 하면 서쪽이라는 엉뚱한 방향으로 갈 수도 있다. 그러면 결국 열심히 달려간 만큼 더 돌아와야 하는 것이다. 하지만 매일 아침공부 계획을 통해 방향을 정확히 확인한 뒤 가야 할 분량을 생각해 보고 자신을 격려하며 나아간다면 최단시간에 시행착오 없이 자신이 목표한 곳에 이를 수 있다. 그러므로 매일 아침 5분 공부 계획 시간은 없어서는 안 될 중요한 시간이다.

막연하게 공부 계획을 가지고 있으면 자신의 목표가 선명하게 보이지 않아서 불안과 초조감에 싸이게 된다. 하지만 그날그날 선명한 공부 목표를 설정하게 되면 자신이 오늘이라는 시간 속에서 해야 할 구체적인 목표가 보이기에 힘들어도 끝까지 도전할 수 있게 된다. 우리가 포기하는 가장 큰 이유는 그날그날의 공부가 힘들어서가 아니라, 어디까지 해야 하는지 분명한 목표가 설정되어 있지 않아서 그 목표가 보이지 않기 때문이다. 목표가 없으면 흔들리게 마련이다. 확고한 목표 없이 막연하게 열심히 하다 보면 얼마가지 않아 지치거나 중도에 포기하게 된다. 다음 이야기를 보자.

>>> 플로렌스 채드윅은 영국해협을 왕복으로 헤엄쳐서 건넌 최초의 여성이었다. 그런 그녀가 서른네 살의 나이에 세운 또 다른 목표는 카탈리나 섬에서 캘리포니아 해안까지 수영으로 횡단한 최초의 여성이 되는 것이었다.

1952년 7월 4일, 바다는 얼음으로 채워진 욕조 같았고, 안개가 어찌나 짙은지 그녀를 호위하는 보트들마저 시야에 들어오지 않았다. 상어 떼들이 홀로 남겨진 그녀의 형체를 보고 주위를 맴돌았다. 그놈들을 쫓아 버리려면 총을 쏴야만 했다. 그녀는 바다의 혹독한 손아귀에 대항해 싸웠다. 한 시간, 한 시간이 그렇게 흘러갔다.

그러는 동안 백만 명이 넘는 사람들이 텔레비전 중계를 지켜보고 있었다. 플로렌스를 뒤따르는 보트 위에서 어머니와 트레이너가 그녀에게 기운을 불어넣었다. 그들은 그녀에게 이제 얼마 남지 않았다고 소리쳤다.

하지만 눈에 보이는 거라곤 안개뿐이었다. 그들은 그녀에게 중단하지 말라고 소리쳤다. 물론 그녀도 포기할 생각이 없었다. 그러나 5백 미터 정도를 더 가고 나서 그녀는 배 위로 올려 달라고 요청했다. 몇 시간 뒤, 아직도 얼어붙은 몸을 녹이며 플로렌스는 방송기자에게 말했다.

"변명을 하려는 건 아네요. 하지만 육지가 보이기만 했어도 난 끝까지 해냈을 거예요."

그녀를 패배시킨 것은 추위나 피로감이 아니었다. 그것은 안개였다. 안개 때문에 그녀는 자신의 목표를 볼 수가 없었던 것이다.

두 달 뒤 플로렌스는 다시 도전했다. 이번에도 짙은 안개가 시야를 가렸지만, 그녀는 상상을 통해 마음속에 선명하게 보이는 자신의 목표를 바라보며 헤엄을 쳤다. 그녀는 저 안개 뒤편 어딘가에 반드시 육지가 있음을 상상했으며, 이번에는 해낼 수 있었다. 그리하여 플로렌스 채드윅은 카탈리나해협을 헤엄쳐서 건넌 최초의 여성이 되었다. 그것도 남자가 세운 기록을 두 시간이나 단축시키면서.

– 《다니엘 마음관리 365일》에서

플로렌스 채드윅의 이야기처럼 선명한 목표는 너무나 중요하다. 우리 마음속에 있는 구체적이면서도 분명한 목표는 힘들고 포기하고 싶을 때마다 우리에게 새로운 힘과 용기를 준다. 그러므로 하루 공부 계획에서 가장 중요한 것은 그날그날 도달해야 할 선명한 공부 목표이다. 그리고 그것을 달성하기 위한 구체적인 시간계획이 필요하다.

이렇게 한 다음 공부를 해보라. 하나님께서 주시는 평안함 속에서 선명한 공부 목표가 주어지면 엄청난 집중력이 생긴다. 한번 해 보자는 자신감과 함께 오늘 해야 할 공부에 대해 할 수 있다는 긍정적 생각이 발끝부터 머리까지 차오른다. 오늘 해야 할 선명한 목표가 보이기에 포기하지 않고 매시간 집중하여 목표 달성을 위해 온 힘을 집중할 수 있게 된다. 힘들더라도 조금만 더 하면 오늘 공부 목표를 달성할 수 있다는 생각은 다시금 공부에 집중할 수 있게 해주는 원동력이 된다.

다니엘 마음관리로 얻을 수 있는 특별한 선물

5분 성경, 5분 기도 시간을 통해 우리는 여러 마음의 포승줄들을 끊음과 동시에, 또 다른 엄청난 선물을 하나님으로부터 받을 수 있다. 그것은 바로 하나님이 주시는 지혜이다. 하나님은 하나님의 영광을 위해 공부하기로 뜻을 정한 하나님의 자녀들이 하나님께 겸손히 지혜를 구하면 그 기도를 외면하시지 않는다.

생각해 보라. 사랑하는 하나님의 자녀들이 하나님을 기쁘게 해드리고 하나님이 쓰시기에 준비된 일꾼이 되기 위해 열심히 노력하고 있다. 그런데 지혜가 부족함을 절감하게 된다. 그래서 하나님의 자녀들이 하나님께 지혜를 구하고자 기도하는데 주실 능력

이 있는 하나님께서 왜 주시지 않겠는가? 지혜는 하나님께서 사랑하는 자녀들에게 주시는 여러 선물 중에 특별한 선물이다.

| 고전 12:7 |

각 사람에게 성령의 나타남을 주심은 유익하게 하려 하심이라.

But to each one is given the manifestation of the Spirit for the common good.

| 고전 12:8 |

어떤 이에게는 성령으로 말미암아 지혜의 말씀을, 어떤 이에게는 같은 성령을 따라 지식의 말씀을,

For to one is given the word of wisdom through the Spirit, and to another the word of knowledge according to the same Spirit,

| 고전 12:9 |

다른 이에게는 같은 성령으로 믿음을, 어떤 이에게는 한 성령으로 병 고치는 은사를,

to another faith by the same Spirit, and to another gifts of healing by the one Spirit,

| 고전 12:10 |

어떤 이에게는 능력 행함을, 어떤 이에게는 예언함을, 어떤 이에게는 영들 분별함을, 다른 이에게는 각종 방언 말함을, 어떤 이에게는

방언들 통역함을 주시나니.

and to another the effecting of miracles, and to another
prophecy, and to another the distinguishing of spirits, to
another [various] kinds of tongues, and to another the
interpretation of tongues.

지혜를 받지 못한 이유 1

우리가 그동안 지혜를 받지 못한 이유는 크게 두 가지다. 그 하나는 우리가 하나님께 지혜를 구하지 않았기 때문이다. 21세기 고도 문명사회에 살고 있는 많은 학생들이 지혜는 자기 스스로 노력해야만 얻을 수 있는 것이라고 생각한다. 하나님께 지혜를 구할 생각을 거의 하지 않는다. 하나님께서 주시는 지혜는 아주 특별한 몇 명의 성경 인물들에게나 해당하는 것이지 나와는 상관없는 것일 거라고 지레 짐작하고 지혜를 구할 생각조차 하지 않는다.

그러나 하나님은 야고보서 성경 말씀에서 약속하신 것처럼 우리들 가운데 지혜가 부족한 사람들이 있으면 언제든지 구하라고 하신다. 우리가 구하면 하나님은 꾸짖지 아니하시고 넉넉하게 주시겠다고 말씀하셨다.

| 약 1:5 |
너희 중에 누구든지 지혜가 부족하거든 모든 사람에게 후히 주시고

꾸짖지 아니하시는 하나님께 구하라. 그리하면 주시리라.

But if any of you lacks wisdom, let him ask of God, who gives to all men generously and without reproach, and it will be given to him.

| 약 1:6 |

오직 믿음으로 구하고 조금도 의심하지 말라. 의심하는 자는 마치 바람에 밀려 요동하는 바다 물결 같으니.

But let him ask in faith without any doubting, for the one who doubts is like the surf of the sea driven and tossed by the wind.

| 약 1:7 |

이런 사람은 무엇이든지 주께 얻기를 생각하지 말라. .

For let not that man expect that he will receive anything from the Lord,

| 약 1:8 |

두 마음을 품어 모든 일에 정함이 없는 자로다.

[being] a double-minded man, unstable in all his ways.

나는 지금까지 살아오면서 늘 이 말씀을 마음속에 새기고 힘들 때마다, 지혜가 부족할 때마다 하나님의 신실한 약속을 믿고 구했다. 그러면 하나님의 지혜를 받을 수 있었다. 특히 대학에서 수업을 들을 때, 리포트를 쓸 때나 시험을 칠 때, 나는 나의 노력의 한계를 절감하고 하나님의 지혜를 절실하게 구하지 않을 수 없었다. 특히 모든 책을 가지고 와서 책을 보면서 시험을 보는 오픈북 시험에서는 두 시간을 주고 문제를 낸다. 이 시험에서는 내가 얼마나 잘 외웠느냐를 보는 것이 아니라 얼마나 그 문제를 제대로 파악하고 창의적인 사고를 가지고 논리적으로 답을 잘 작성하느냐가 중요하다. 그래서 획일적으로 외우기만 해서는 도저히 그 시험에서 A⁺를 기대하기가 어려웠다.

그럴 때마다 나는 그날 새벽에 평소보다 30분 일찍 일어나서 하나님께 간절히 소리 높여 지혜를 구했다. 나의 연약함과 무능함과 무지함을 솔직히 인정하고 하나님께 간곡하게 지혜를 구했다. 너무나 감사하게도 시험 볼 때 혹은 리포트를 쓸 때 나는 내가 평소 가지고 있지 않았고 한 번도 생각해 보지 못했던 좋은 아이디어들이 떠오르는 것을 수없이 경험했다. 그리고 나는 그 시험을 잘 치를 수 있었다.

21세기 글로벌 인재가 되기 위해서는 단순히 암기만 잘하거나 기계적으로 답을 말하는 능력으로는 부족하다. 정말 필요한 것은 창의적 사고력이다. 획일적 입시 체제에서 가장 아쉬운 부분이 있다면 창의적 사고력이 제대로 계발되지 않는다는 점이다. 지나치게 주입식 암기 쪽에 치우치고 있다. 물론 많은 내용을 암기하고 잘 정리하는 능력도 중요하다. 그렇지만 아무리 좋아도 한쪽으로만 치우치면 두뇌 발달이 균형 있게 이루어지기 어렵다. 나는 아침마다 다니엘 마음관리 시간을 통해 지혜를 구했고 남들보다 창의적인 사고를 하려고 노력했다. 지금도 매일 아침 지혜를 구하고 있다. 이 책을 보는 후배들도 매일 아침 하나님께 지혜와 창의적 사고력을 겸손한 마음으로 구하기를 간곡히 부탁한다.

지혜를 받지 못한 이유 2

우리가 하나님께 지혜를 받지 못하는 두 번째 이유는, 지혜를 열심히 구하지만 자신의 성공만을 위해서 구하기에 하나님께서 지혜를 주실 수 없기 때문이다.

| 약 4:2 |

너희가 욕심을 내어도 얻지 못하고 살인하며 시기하여도 능히 취하지 못하나니 너희가 다투고 싸우는도다. 너희가 얻지 못함은 구하지 아니함이요

You lust and do not have; [so] you commit murder. And you are envious and cannot obtain; [so] you fight and quarrel. You do not have because you do not ask.

| 약 4:3 |

구하여도 받지 못함은 정욕으로 쓰려고 잘못 구함이니라.

You ask and do not receive, because you ask with wrong motives, so that you may spend [it] on your pleasures.

하나님께서는 야고보서 말씀에서 우리에게 지혜를 구하라고 강조하신다. 동시에 지혜를 구할 때에는 우리 욕심만을 위해 구하지 말라고 강조하신다. 현대 사회는 철저하게 개인주의이다. 자신의 성공만을 위해 무섭게 노력한다. 그 경쟁은 너무나 치열하며 남을 짓밟고 이겨야만 내가 산다는 정글의 법칙이 팽배해 있다.

내신성적 등급 평가로 인해 청소년들 사이에서도 반 친구를 친구이면서 동시에 내신성적을 떨어뜨리는 적이라고 생각하는 경향이 있다. 모르는 것이 생겨서 물어보면 알면서도 잘 가르쳐 주지 않는 것이 현실이다. 아는 것을 남에게 가르쳐 주면 그만큼 내 공부 시간도 빼앗기고 내 실력이 다른 학생에게 도움이 되어 그가 나보다 성적이 좋아질 수 있기에 가르쳐 주지 않는 것이다.

이런 분위기가 확산되어 있다 보니 물어오는 것을 잘 가르쳐 주는 학생이 특이한 학생으로 인정받는 시대가 되어 버렸다. 자신이 보는 문제집이 무엇인지조차 가르쳐 주기 싫어서 표지를 찢고 혹은 표지를 다른 종이로 싸서 공부하는 것도 익숙해져 버렸다.

이렇듯 철저하게 적자생존과 무한경쟁을 익히며 살아온 청소년들은 대학생이 되고 사회에 나가면 오직 힘 있는 자만이 살아남는다는 냉혹한 밀림의 법칙에 더욱 철저하게 길들여지게 된다.

21세기 진정한 인재는 탁월한 실력과 함께 준비된 신앙으로 따뜻한 마음을 소유한 사람이라 생각한다. 실력과 신앙이 좋아도 마음이 차가운 사람은 주변 사람들을 돕고 살리기보다는 그들을 억압하고 이용한다. 하나님은 성경을 통틀어 두 가지를 우리에게 부탁하신다. 하나님을 너 자신보다 사랑하고, 내 이웃을 내 몸처럼 사랑하라고 하신다.

우리가 지혜를 구할 때 그 마음의 중심에 있는 동기를 하나님께서는 보신다. 자신의 성공만을 위해 구하는 것인지 아니면 하나님을 위해, 이웃을 위해 준비된 일꾼이 되기 위해 구하는 것인지 보시는 것이다.

나는 일반학원에서 강의를 하더라도 나만의 강의 스타일을 지킨다. 우선 수업 시작 전에 호흡법을 통해 마음을 정리정돈한 다음 기도로 수업을 시작한다. 기도하면서 학생들이 하나님의 지혜를 가지고 공부할 수 있게 해 달라고 겸손하게 구한다. 그리고 이 수업을 통해 하나님을 믿지 않는 학생들이 하나님을 만나게 해 달라고 기도한다. 그러고 나서 수업을 진행한다.

감사한 것은 종교가 불교 혹은 다른 종교인 학생들도 나의 수업 방식에 잘 따라준다는 점이다. 내 강의를 듣는 학생의 학부모님 중 한 분은 독실한 불교신자인데 나의 건강을 위해 매일 부처님께 기도해 주신다. 내가 수업시간에 하나님께 기도를 해도 반대하지 않으시고 심지어 엄마는 부처님 믿지만 너는 김동환 선생님이 믿는 하나님 믿으라고 하시며 교회로 인도해 달라고 부탁까지 하신다.

청소년 한 명을 교회로 전도하기가 너무나 어려운 시대다. 갈수록 하나님을 믿는 10대들이 줄어든다. 이런 상황에서 나는 강의를 통해 일반학생들을 만나 천국복음을 전할 수 있어서 너무나 감사하다. 나같이 부족한 사람을 통해 수많은 학생들을 교회로 데려갈 수 있게 해주신 하나님께 찬양드린다. 강의할 수 있는 재능을 주신 하나님을 찬양하고 감사드린다.

만약 하나님이 허락해 주신다면 청소년들을 21세기 준비된 하나님의 인재로 양성하는 학교를 세우고 싶다. 그래서 마음껏 그곳에서 기도하고 공부하고 성경 보고 찬양하며 정말 하나님 마음을 시원케 하는 신앙과 실력과 따뜻한 마음을 겸비한 인재들을 양성하고 싶다.

현재 출강하는 학원에서 학생들이 하나님 안에서 무척이나 멋지게 변하는 모습을 보며 나는 꿈을 가지게 되었다. '정말 이들을 하나님이 기뻐하시는 제대로 준비된 인재들로 꼭 양성하겠다. 나보다 최소 10배 이상 더욱 더 준비된 인재로 양성하고 싶다. 초등학생부터 재수생까지 정말 제대로 청소년 시절부터 철저하게 훈련시켜 하나님을 경외하고 하나님의 영광을 위해 최선을 다하는 다니엘 같은 인재로 키우고 싶다. 정말 그 일을 하고 싶다'고.

다니엘 아침형 초등학생 이야기

하나님 안에서 귀하게 변하는 후배들을 보면서 나는 결코 이 꿈이 불가능한 것이 아니라고 생각하게 되었다. 비록 몸은 아프고 힘들지만 아이들이 하나님 안에서 멋지게 변하고 새롭게 뜻을 정해 아침을 깨우는 모습을 보면 새 힘이 난다. 강의를 성실히 듣고 아침을 깨워 열심히 공부하여 많이 오른 성적표를 나에게 내미는 아이들의 표정을 잊을 수 없다. 하나님 안에서 아이들의 향상된 모습을 보는 것은 세상에서 가장 기쁜 일이다. 그래서 아무리 아파도 이를 악물고 강의하러 간다. 그리고 아직까지 한 번도 아프다는 이유로 휴강한 적이 없다. 그 시간이 내게 가장 행복한 시간이기 때문이다.

어린 초등학생들이 변하는 모습은 그중에서도 가장 기쁜 일이다. 어려서부터 철저하게 다니엘 아침형 학생으로 훈련된 학생들은 공부를 못하려 해도 못할 수가 없다. 어려서부터 제대로 신앙과 실력과 마음훈련을 받은 인재들이 이 시대에 꼭 필요하다. 사무엘이 어려서부터 철저하게 훈련받아 하나님께 제대로 잘 쓰임받은 것처럼 어릴 때부터 하나님을 사랑하고 이웃을 사랑하는 법을 배워야 한다.

실력 · 신앙 · 인격 어느 하나라도 포기할 수 없다. 신앙을 기본으로 삼고 실력과 인격을 모두 겸비해야 한다. 21세기 하나님의 마음을 시원케 하는 인재가 되기 위해서 힘들어도 이 세 가지를 겸비하기 위해 남보다 더 많은 노력을 해야 한다. 초등학생들이야말로 정말 21세기 꿈나무다. 어린 초등학생들은 나의 강의를 마치 마른 스펀지가 물을 흡수하듯이 제대로 흡수하며 성장한다. 그들을 보면 힘이 난다. 그 초롱초롱한 눈을 볼 때마다 나의 꿈이 절대로 헛되지 않음을 확신한다.

멀리 청주에서 강의를 들으러 오는 채영이의 눈망울을 보면 힘이 난다. 왕복 7시간임에도 불구하고 와서 부족한 선생님의 강의를 하나도 놓치지 않으려고 열심히 듣는 모습을 보면 그저 감사하고 최선을 다해야겠다는 마음뿐이다.

채영이처럼 강의를 들으면서 다니엘 아침형 공부법을 실천하는 초등학생들의 이야기를 통해, 여러분도 다니엘 아침형 학습법을 실천하는 계기를 만들기를 바란다. 특히 중고 재수생 이상, 대학생들은 다니엘 아침형 공부를 실천하는 어린 초등학생들의 모습을 보면서 자극을 받아 다시금 새롭게 시작해 보기를 간곡히 부탁한다. 어린 초등학생들도 하는데 여러분은 더욱 잘 할 수 있다. 힘을 내서 꼭 다니엘 아침형 학생에 도전해보길 부탁한다.

>>> 처음 엄마와 함께 내가 사는 청주에서 서울까지 김동환 선생님의 수업을 들으러 갈 땐 가기 싫다고 떼를 썼다. 그런데 수업을 자꾸 듣다 보니 선생님 말씀 한마디 한마디가 힘이 되었고, 왜 공부를 해야 하는지도 분명히 알게 되었다. 선생님께서 말씀해 주시는 대로 일주일 단위로 계획을 짜면서 다니엘 아침형 공부를 시작하였다. 처음에는 일찍 일어나기가 힘들어 6시 30분에 겨우 일어났다. 말씀보고 기도하고 공부하는 것이 쉽지 않았다.

아침공부가 너무 힘이 들 때는 김동환 선생님께서 해 주신 이야기를 떠올리며 마음을 가다듬었다. '열심히 하나님께서 주신 꿈을 위해 공부해서 하나님께 부끄럽지 않은 자녀가 되자'라고. 하나님을 의지하면서 공부하는 것이 하나님을 믿지 않는 친구들에게는 이상하게 들리겠지만 나에게는 그것이 최선의 방법이었다.

이제 다니엘 아침형 공부를 시작한 지 거의 1년이 다 되어 간다. 아직도 가끔은 정해진 시간에 일어나기가 쉽지 않을 때도 있다. 하지만 다니엘 아침형 공부로 인해 나는 아주 많이 달라졌다.

우선 학교에서 공부가 잘 되고 집중도 2배로 잘 된다. 저녁 때 공부를 하려면 온몸이 많이 지친 상태여서 아무리 공부를 하려 해도 문제가 눈에 들어오지 않는다. 그리고 밤이 되면 몸이 늘어지고 힘이 없어 자고 싶어진다. 하지만 이른 아침시간은 일어나는 것만 고비일 뿐 잠이 깨면 그 어느 때보다 집중이 잘 되고 저녁 때 안 풀리던 문제도 술술 잘 풀린다. 그리고 아침시간은 집중이 잘 되어서인지 시간이 길게 느껴져서 생각보다 문제를 많이 풀 수 있다.

내가 김동환 선생님의 강의를 듣고 다니엘 아침형 공부를 한 이후 우리 집안은 많이 변하고 있다. 우선 9살, 6살인 어린 동생들도 일곱 시에 일어나는 연습을 하고 있다. 9살 동생은 성경 읽고 기도하기를 하고 6살 동생은 같이 일어나 옷을 갈아입고 유치원 갈 준비를 한다. 부모님께서는 어느 새 먼저 일찍 일어나셔서 우리를 깨워 주시고 아침시간에 옆에서 영어 성경을 읽으시며 같이 있어 주신다.

이렇게 바뀐 우리 가족이 자랑스럽고 감사하다. 나는 일요일만 되면 예전에는 피곤해서 자기만 했는데 그런 게으름이 다니엘 아침형 공부로 인해 사라졌다. 그리고 피곤해서 짜증을 많이 내는 것도 이젠 거의 없어졌다. 기도와 말씀을 보는 시간이 조금씩 늘어나면서 마음이 가벼워지는 것을 느끼고 《다니엘 마음관리 365일》을 보면서 공부에 대한 흥미를 높이게 되었다.

요즘에는 기도 15분, 성경 10분 정도 하고 있다. 기도와 말씀을 본 후에 《다니엘 마음관리 365일》을 본 후 공부를 하면 공부를 왜 해야 하는지를 자꾸 생각하게 된다. 어떤 때는 하루 종일 피곤해서 아침에 일어나기 힘들 때 가끔 아침공부를 빠지기도 한다. 그러면 왠지 마음이 무겁다. 몸은 더 게을러지고 무거워져서 더 공부하기 싫어진다. 그렇게 며칠을 지내면 다시 시작할 때 힘이 많이 든다. 하지만 김동환 선생님의 강의를 듣고 나면 다시 힘을 얻는다. 선생님 말씀 한마디 한마디가 새로운 나의 각오가 된다.

이제 겨우 시작이라 생각한다. 몸에 완전히 습관이 된 것은 아니지만 조금씩 조금씩 좋아지고 있다. 앞으로 더욱더 노력해서 하나님을 기쁘게 해 드리는 일꾼이 꼭 되고 싶다.

초등학교 5학년 안채영

》》》 제가 김동환 선생님 밑에서 공부한 지가 벌써 1년이 다 되어갑니다. 처음에는 엄마 손에 이끌려 과천에서 서울까지 먼 거리를 가는 것이 쉽지 않았습니다. 하지만 차차 선생님의 강의에 적응하면서 힘든 게 없어지고 오히려 학원갈 때마다 너무 즐거웠습니다. 그리고 선생님께서는 수업하실 때마다 다니엘 아침형 공부의 중요성을 많이 강조하셨습니다. 그래서 실제로 다니엘 아침공부를 한번 해 보니 정말 많은 것이 달라졌습니다.

이제부터는 좀더 구체적으로 다니엘 아침형 공부의 좋은 점에 대해 말해 보겠습니다. 다니엘 아침형 공부는 신앙, 마음, 실력 이 세 가지를 크게 변화시킵니다. 첫 번째 신앙은 왜 달라지냐 하면 이른 아침에 보는 성경 시간으로 인해 달라집니다. 성경은 약한 신앙을 강하게 만들 수 있는 약이기 때문입니다. 두 번째 마음이 왜 달라지냐 하면 아침시간에 읽는 김동환 선생님의 《다니엘 마음관리 365일》책으로 인해 달라집니다. 《다니엘 마음관리 365일》은 자라나는 새싹들의 마음속에 꿈과 희망, 그리고 자신감을 심어주기 때문입니다. 마지막으로 실력이 왜 달라지냐 하면 아침시간에 하는 공부로 인해 달라집니다. 아침공부 1시간은 저녁공부 5시간과 효력이 같기 때문입니다.

이제부터는 제가 다니엘 아침형 공부를 하고 달라진 점을 말해 보겠습니다. 일단 저는 신앙이 급격하게 업그레이드되었습니다. 옛날에는 기도시간만 되면 몸을 비비꼬곤 했는데 이제는 소리 내어 집중해서 기도를 할 수 있게 되었습니다.

다음은 마음입니다. 옛날에는 '나는 왜 이럴까? 나는 머리가 남들에 비해 모자란 편인가? 아, 괴롭다.' 이런 생각을 많이 했는데 아침시간에 다니엘 마음관리를 한 덕분인지, 요즘은 '나는 할 수 있어. 좋아. 밀어붙이는 거야. 최영석, 아자!' 이런 희망과 자신감을 가지게 되었습니다.

마지막으로 실력입니다. 3학년 때는 4학년 문제집을 잘 풀지도 못했었는데 지금은 5학년 2학기 문제집을 거의 다 끝내고 있습니다. 저는 앞에 적어 놓은 놀라운 변화가 다 하나님의 은총이자 뜻이라고 생각합니다. 그리고 좋은 강의를 해주시는 김동환 선생님께 진심으로 감사드립니다.

마지막으로 요즘 아이들의 생활에 대해 말해 보겠습니다. 요즘 아이들은 학교가 끝나자마자 학원에 가고 밤늦게 집에 와서는 오자마자 학교 숙제, 학원 숙제를 합니다. 그리고 내일도 똑같은 생활을 하게 됩니다. 이게 아이들의 생활입니다. 정말 힘들고, 비참하다는 생각이 안 드십니까? 우리 학원에서는 지금 예수님을 전도하고 있습니다. 지난 8월에는 김동환 선생님과 함께 대만 단기 선교도 했습니다.

이제는 우리가 나서야 할 때입니다. 하나님을 모르는 그들의 영혼은 지금 식물인간 상태입니다. 따뜻한 마음으로 아이들에게 다가갑시다. 쉬운 일은 아닙니다. 하지만 하나님께서 옆에 계시는데 무슨 일인들 안 이루어지겠습니까? 우리의 전도가 수천 명의 영혼을 살립니다. 다시 새롭게 뜻을 정해 사람들을 구원해 냅시다. **초등학교 4학년 최영석** ▪

❝순수하고 착한 초등학생들의 모습에서 21세기 다니엘을 떠올려 봅니다. 하나님께서 이른 나이부터 잘 준비된 이 땅의 청소년들을 통해 삭막해져 가는 21세기 세계를 바꾸시고자 간곡히 바라십니다. 어리다고만 생각하지 말고 어려서부터 철저하게 제대로 하나님의 귀한 인재로 양육하기를 부탁드립니다. 이 글을 보는

▪ 과천에서 서울까지 강의를 들으러 오는 영석이 역시 저의 소중한 제자입니다. 처음에는 어머니와 함께 왔지만 지금은 혼자 지하철을 타고 왕복 3시간을 오는 학생입니다. 4학년이지만 글을 무척 성숙하게 쓴답니다.

모든 초등학생들에게 부탁합니다. 여러분이 바로 한국의 미래이자 세계의 미래입니다. 힘을 내서 다시금 뜻을 정해 다니엘 아침형 학생으로 거듭나기를 부탁드립니다."

마지막으로 한 번 더 강조하고 싶은 것이 있다. 이 책을 보는 많은 학생들이 직접 하나님의 지혜를 가지고 공부해 보는 체험을 해봐야 한다고 생각한다. 그래야 하나님이 살아 계심도 알게 되고 공부를 하면 할수록 감사하는 마음이 마음속 깊이 새겨지게 된다. 공부를 오래 해도 그다지 피곤하지 않고 정신이 더욱 맑아지는 경험을 하게 될 것이다. 그럴 때 하는 공부는 몇 년이 지나도 쉽게 잊혀지지 않는다.

공부하기 가장 좋은 상태를 말하는 소위 알파파 상태에서 공부하는 것으로 생각하면 된다. 하나님이 주시는 평안함과 지혜를 가지고 공부하는 것은 공부하기 위한 최적의 상태인 알파파 상태를 능가한다. 나는 귀한 후배들이 아침 마음관리 시간을 통해 매일매일 하나님의 평안함과 지혜를 가지고, 또 선명한 그날의 목표를 가지고 아침공부에 임하게 되기를 간절히 소원한다.

3.
규칙적인 생활로 몸이 건강해진다

일찍 자고 일찍 일어나는 것은 인간의 생체리듬과 잘 어우러진다. 인간은 창조될 때부터 아침형 인간으로 살게끔 만들어졌다. 자연의 주기에 따라 살도록 인간의 생체구조는 만들어졌다. 해가 뜨면 하루 노동이 시작되고 해가 지면 하루 노동으로 지친 몸을 수면을 통해 회복한다. 그리고 이른 아침 다시 해가 뜨면 새 하루를 시작한다.

수많은 의사들이 일찍 자고 일찍 일어나는 것이 건강의 비결이라고 말하는 이유가 바로 여기에 있다. 바로 인간의 생체구조를 거스르지 않고 거기에 조화롭게 맞추어 사는 것이 건강의 지름길인 것이다.

하지만 요즘 너무 많은 청소년들이 불규칙적으로 생활한다. 이러한 생활이 지나치게 일반화되어 버렸다. 학생들은 과거 20년 전보다 훨씬 더 키도 커지고 영양상태도 좋아졌다. 그런데 체력은 더 나빠졌다. 운동 부족 등 여러 이유가 있겠지만, 대표적인 이유로 불규칙적인 생활습관과 밤늦게 자는 습관을 들 수 있다.

대부분의 청소년들은 학교가 끝나면 야간 자율학습을 하거나 학원으로 향한다. 야간 자율학습이 없는 초등학생들까지도 학원을 두 곳 세 곳씩 돌며 밤늦게 오는 경우가 허다하다. 대개 집에 오면 10시 전후가 된다. 물론 더 늦게 집에 오는 학생들도 많다. 학생들이 집에 오면 제일 먼저 드는 생각은 '힘들다, 지친다, 쉬고 싶다'이다. 그래서 일단 책가방을 던져 두고 텔레비전을 켜고 그 소리를 들으면서 냉장고로 가서 먹을 것을 주섬주섬 챙긴다. 그러고 나서 본격적으로 텔레비전 앞에서 텔레비전을 뚫어지게 쳐다본다. 어떤 친구들은 책가방을 던져두고 컴퓨터를 켜고 부팅되는 동안 냉장고에 가서 먹을 것을 챙겨 온다. 그러고는 열심히 먹으면서 컴퓨터 오락을 하거나 인터넷을 한다. 하루 종일 눈을 사용하여 피곤한 상태지만 자신이 좋아하는 텔레비전 프로그램을 보거나 오락을 하다 보면 피곤한 줄 모른다.

그러나 이는 그저 피곤이 풀리는 것처럼 느껴지는 것일 뿐이다. 정신적으로는 긴장이 풀려서 쉬는 것처럼 보이지만, 엄밀히 말하면 눈은 더 피곤해진다. 텔레비전 10분 시청한 것이 1시간 공부한 것보다 훨씬 더 눈을 피곤하게 하는 것을 아는가. 오락에 집중하여 30분을 하다 보면 오락을 그만 두고 다시 공부했을 때 보통 때의 공부 상태로 다시 집중하기까지 상당한 시간이 걸린다.

아무튼 많은 청소년들이 저녁 늦게 간식을 먹으면서 텔레비전과 컴퓨터로 하루 종일 쌓인 스트레스와 피곤을 푼다. 이렇게 한

두 시간 정도 보내다 보면 어느덧 12시가 훌쩍 지나간다. 그리고 다시 공부를 하려고 하면 30분도 안 돼 금세 피곤해져 잠을 자게 된다.

텔레비전과 컴퓨터로 스트레스를 풀게 되면 푸는 당시에는 재밌고 즐겁지만 그 다음날 정상적으로 제 시간에 일어나기가 무척 힘들다. 아침 일찍 공부를 위해 일어나는 것은 거의 불가능하다. 저녁 늦게 자고 아침에 겨우 일어나서 아침도 제대로 먹지 못한 채 학교에 가는 것은 신체발육이 왕성한 청소년기의 건강에 무척 해롭다. 그래서 학생들은 체격은 많이 좋아졌지만, 그 내실은 부실한 것이다.

그러나 다니엘 아침형 학생처럼 일찍 자고 일찍 일어나는 것이 습관이 되어 있는 학생들은 아침시간을 충분히 사용하면서도 아침식사를 거르지 않고 여유 있게 충분히 섭취하므로 오전 수업시간에 맑은 정신으로 수업에 임하는 데 부족함이 없다. 다니엘 아침형 학습 스타일로 공부를 하게 되면 아침을 먹지 말라고 해도 먹을 수밖에 없게 된다. 왜냐하면 아침공부를 하고 나면 배가 고파진다. 그래서 아침을 기분 좋게, 맛있게 먹을 수 있다.

참고로 내 강의에 따라 다니엘 아침형 학생 스타일로 생활 습관을 바꾼 학생들 대부분이 이전보다 훨씬 더 건강해지고 몸과 마음이 좋아졌다. 아침식사를 충분히 했을 때와 그렇지 못했을 때의 아침 수업 집중도는 많은 차이가 있다. 아침식사를 통해 적당한 당분이 뇌로 원활하게 공급되고 신체의 신진대사가 활발해진다. 이렇게 활발해진 몸 상태는 바로 그날 공부 리듬에도 좋은 영향을 미친다. 따라서 다니엘 아침형 학생 스타일로 생활 패턴을 조정한 학생들은 자신의 몸이 얼마나 좋아지는지 직접 경험하게 될 것이다. 다음은 다니엘 아침형 학습 스타일로 공부하는 중3 정인우 학생의 이야기다.

　　>>> 다니엘 아침형 공부를 시작한 지도 어느덧 반년이 되어간다. 다니엘 아침공부를 처음 하게 된 날, 학교 1, 2교시는 꾸벅꾸벅 졸았다. 30일간의 적응 훈련 없이 바로 아침 5시에 일어나 공부를 했으니 당연한 일이었다. 아침에 일어나는 것은 정말 힘든 일이다. 하지만 30일간 다니엘 아침공부 과정을 마치고 적응이 된 지금의 나는 다니엘 아침공부의 가치를 점점 더 느끼고 있다.

　　일단 아침에 공부를 하면 엄청난 집중력이 나온다. 수학 문제를 꽤 푼 것 같아도 시계를 보면 20분밖에 지나지 않았다. 그래서 아침에 공부를 하면 자신이 생각했던 목표의 공부량을 달성할 수 있고, 가끔은 더 많은 양을 해낼 수 있다.

　　김동환 선생님께서 아침에 일어나 공부 2시간 하는 것이 평소 낮에 10시간 공부하는 것과 같다고 말씀하셨다. 처음엔 그냥 하시는 말씀인 줄 알았는데 이젠 그 말에 동감하고 있고 과장이 아님을 확신하고 있다.

　　아침공부를 하면 엄청난 시간을 절약할 수 있다. 난 아침공부를 하기 전까지 수학 공부를 학교 갔다 와서 하고 학원을 다니며 했다. 수학 공부는 엄청난 시간을 잡아먹었다. 수학을 잘하는 학생이라면 해당사항이 없겠지만 나에겐 그랬다. 그래서 시험 때가 되면 수학 때문에 다른 과목 공부를 제대로 하지 못하거나 아니면 수학을 포기하는 식이었다. 그러나 아침에 수학 공부를 해 두면 오후에 수학 공부를 하지 않아도 되며, 그 남은 시간에 다른 과목을 공부할 수 있게 된다. 그 결과 1학년 때 한 번을 제외하고는 받을 수 없었던 수학 100점을 3학년이 되어 받게 되었고, 그 후에도 성적이 계속 좋았다.

물론 아침에 일어나 공부를 하면 오히려 졸려서 공부를 못할 것 같다는 사람도 있다. 하지만 아침에 남보다 일찍 일어나 하루를 시작하는 것은 생활의 활력소가 되고, 일찍 일어나 공부를 했다는 뿌듯함도 생겨난다. 무엇보다 아침공부를 하면 아침밥을 꼭 챙겨 먹게 되어 좋은 것 같다. 아침 일찍 일어나 엄청난 에너지를 공부에 쏟아 붓고 나면 배에선 번개가 친다. 그럼 아침밥을 챙겨 먹을 수밖에 없고, 아침을 먹은 하루는 왠지 든든해진다.

아침 일찍 공부를 하는 것인 만큼 아침에 일어나려면 또 부지런해질 수밖에 없다. 이러한 다니엘 아침형 공부의 좋은 점들이 나를 변화시켰다. 늦잠 자는 버릇도 고쳤고, 학교 시험에서 더 이상 수학이 두렵지 않게 되었다. 또 시간에 대한 개념도 바뀌었다. 얼마나 시간을 잘 활용하느냐에 따라 같은 24시간도 더 효율적으로 쓸 수 있음을 직접 깨달았다.

아침시간을 활용함으로써 나는 오후시간이 여유로워졌다. 여유롭다고 해서 그 시간에 놀았다는 것이 아니라, 영어 공부도 따로 할 수 있게 되었고, 독서할 수 있는 시간도 가지게 되었다. 그리고 뭐니뭐니해도 다니엘 아침공부를 해서 가장 좋은 점은 마음관리 시간을 가질 수 있다는 것이다.

나는 아침에 공부를 시작하기 전에 마음관리 시간을 갖는다. 크리스천인 나는 이 시간에 성경을 보고 기도를 한다. 30분 정도 마음관리 시간을 갖는데 이 시간을 통해 내 영혼은 재충전되고 호흡을 시작한다. 세상에서 수없이 많은 죄를 짓고 궁핍해진, 식물인간 상태가 된 내 영혼이 이 시간에 다시 호흡하고 깨어난다.

성경을 보면서 내가 지금 잘 가고 있는지 방향을 잡아 보고, 기도를 하면서 하나님과 교제를 한다. 내가 이렇게 공부를 할 수 있도록 모든 조건을 주시고, 생명을 연장시켜 주신 하나님께 감사기도를 하고, 내 죄를 회개하고, 하나님의 준비된 일꾼이 되기 위해 지혜를 달라고 부르짖는다. 이렇게 기도를 하고 나면 정신이 맑아지고 잠도 깬다.

내가 크리스천이라서 그런지는 몰라도 이 시간을 가짐으로써 난 아침공부를 지속할 수 있었다. 아침에 아침공부를 하지 못한다고 해도 학교가기 전에 다니엘 마음관리 시간만큼은 꼭 갖는다. 그만큼 내겐 소중한 시간이다. 이런 시간을 갖게 된 것도 모두 다니엘 아침공부 덕이다. 그래서 다니엘 아침공부를 알게 해 주신 김동환 선생님께 항상 감사하다. 중3 정인우

4.
매일 아침 영혼의 양식을 먹고 건강한 호흡을 유지하기에 마음의 병이 회복된다

| 잠 4:23 |

무릇 지킬 만한 것보다 더욱 네 마음을 지키라. 생명의 근원이 이에서 남이니라.

| 잠 18:14 |

사람의 심령은 능히 그 병을 이기려니와 심령이 상하면 그것을 누가 일으키겠느냐.

성경에서는 마음이 그 어떤 것보다 귀하고 소중하다고 말한다. 우리의 생명의 근원이 바로 마음에서 나온다. 그런데 많은 청소년들은 마음에 병이 있다. 우울증, 자기혐오, 부정적 사고방식, 현실도피, 신경성 위염 등 많은 병에 걸려 있다. 모두 마음이 병들어 생긴 문제들이다. 더욱이 성적 지상주의가 만연한 한국 사회에서는 성적으로 인한 자살이 해마다 많아지고 있다.

입시지옥의 아이들, 점수에 저당 잡힌 '푸른 꿈'

》》》 청소년들이 학교 성적의 중압감을 이기지 못해 스스로 목숨을 끊는 등 '입시지옥'으로 내몰리고 있다. 당장 서울대의 논술비중 확대를 계기로 더욱 치밀하게 대입을 준비해야 할 것이란 전망이 나오고 있으며, 2008학년도부터 대입제도가 크게 달라지는 등 잦은 입시제도의 변화를 고려할 때 중압감은 더 심해질 것으로 전문가들은 우려하고 있다.

지난 1일 오후 3시 40분쯤 서울 지하철 2호선 신당역에서 고교 3년생 김모 군(18)이 열차가 달려오는 선로에 몸을 던져 스스로 목숨을 끊었다. 예·체능계열로 5월 대입 수시모집을 준비해 온 김 군은 "집안형편이 어려우니 올해 말 정시모집까지 진학을 기다려 달라"는 어머니와 갈등을 겪다 자살한 것으로 알려졌다.

지난달 30일 오후 1시 19분쯤에는 서울의 한 아파트에 사는 ㅅ여고 2학년 한모 양(18)이 투신해 그 자리에서 숨졌다. 경찰은 한 양이 중간고사를 맞아 성적 압박감에 시달리다 자살한 것으로 추정하고 있다.

한 양이 숨지기 하루 전인 29일에는 서울 ㅅ고 3년 김모군(17)이 학교 건물에서 투신해 사망했다. 이에 앞서 27일과 21일에도 각각 인천과 서울에서 과학고 학생이 성적 고민으로 자살하는 등 성적 비관 자살이 하루가 멀다 하고 일어나고 있다.
-경향신문 2005. 5. 3.

이런 상황을 극복하는 방법은 무엇일까? 더 비싼 학원에 보내고 더 좋은 과외 선생님을 구해주면 이런 문제들이 해결될까? 그렇지 않다. 인간은 육체만 있는 존재가 아니다. 인간에게는 마음과 영혼이 있다. 따라서 육체적 건강관리도 중요하지만 정신적 건강관리도 무엇보다 중요하다. 그렇다면 무엇으로 정신 건강관리를 할 수 있을까? 어떻게 하면 여러 가지 밧줄들로 얽히고설킨 청소년들의 마음을 원래의 아름다운 모습으로 회복시킬 수 있을까?

바로 매일 매일의 마음관리가 필요하다. 다니엘 아침형 공부 스타일에서 말하는 다니엘 마음관리 시간을 통해 이 문제 해결이 가능해진다.

하루에도 우리 마음에 수많은 스팸메일들이 불쑥불쑥 찾아온다. 원하지 않지만 나도 모르게 부정적 생각들이 순간순간 내 마음을 이리저리 휘젓는다. 시험이라도 망치는 날은 하루 종일 천국과 지옥을 오락가락한다. 자녀들만 천국과 지옥을 오가는 것이 아니라 그 모습을 바라보는 부모님 마음 역시 천국과 지옥을 오간다. 공부하는 것에만 치중했지 그동안 마음 건강관리에 너무나 소홀했기에 많은 청소년들이 사소한 일에도 금세 화를 내고 다투는 일도 잦아졌다. 바로 후회는 하지만 이미 엎질러진 물인 때가 너무 많다. 자책감에 휩싸여 그날 공부는 공치게 된다.

특히 마음이 병든 친구들은 부모님의 잔소리에 지나치게 예민

하게 반응하기에 자신을 위한 부모님의 충고조차 용납할 여유가 없다. 그 결과 부모님의 얘기에 과민반응을 보여 부모님 마음에 평생의 상처를 만드는 일도 많다. 이런 일들이 점점 심해지면 부모 자식간의 관계도 조금씩 금이 갈 수 있다. 그리고 이런 현상들이 심해져 지속적으로 반복되면 가정의 분위기가 어둡고 무거워지게 된다. 그 결과 서로 상처받지 않으려고 가정 내의 대화가 거의 사라지는 경우도 많다.

이러한 마음의 병을 다니엘 아침형 공부 스타일은 충분히 치료할 수 있다. 매일매일 찾아오는 부정적인 생각과 영혼을 파괴하는 악한 사단의 불화살들로부터 나를 지켜낼 수 있다. 다니엘 마음관리 시간을 통해 하나님이 주시는 평안함을 얻게 되면 마치 든든한 보호막처럼 하나님의 평안함이 나의 영혼을 감싼다. 그러면 나의 영혼을 죽이려는 수많은 부정적 생각과 자기혐오로부터 보호받고 내 마음속에 있는 상처들 역시 치료받을 수 있다. 상처가 치료되고 내면세계가 건강해지면 내 주변의 상처받고 힘든 사람들에게 격려와 희망을 주고 그들의 마음을 위로해 주는 빛과 소금의 역할도 할 수 있게 된다.

아침공부의 효율성은 많은 사람들이 이미 인정하고 있다. 저녁에 피곤한 상태로 집에 와서 졸음과 싸우며 밤늦게 공부하는 것은 집중도 잘 되지 않고 건강에도 무리가 된다. 밤 11시부터 1시까지 2시간을 공부하는 것과 아침 5시 20분부터 7시까지 공부하는 것을 비교하면 아침시간 공부가 월등히 우수하다.

대략 아침공부 1시간은 저녁에 피곤한 상태에서 하는 공부보다 5배 정도 효과가 있다. 엄청난 차이다. 왜 이렇게 차이가 나는가? 숙면을 취한 후 마음관리 시간을 갖고 나면 몸과 마음이 정말 개운하고 최적의 상태가 된다. 이런 상태로 공부를 하는데 어떻게 공부가 잘 되지 않겠는가?

따라서 아침공부 시간에 예를 들어 수학 공부를 집중적으로 1시간 30분씩 한다고 하면 저녁에 7시간 이상 걸려 공부할 분량을 소화해 낼 수 있다. 이렇게 3개월 이상을 집중적으로 수학 공부를 하게 되면 수학에 자신감이 없고 성적이 좋지 못했던 학생도 효과적으로 성적이 향상된다. 나는 직접 학생들을 가르치면서 이런 일들을 많이 경험했다.

　》》》 아침공부는 귀찮은 존재일 수도 있다. 하지만 다니엘 아침형 공부에 익숙해지면 그것은 무엇보다도 가장 큰 무기가 될 수 있다. 다니엘 마음관리 또한 마찬가지다. 아침마다 성경을 읽고, 기도를 한다는 말을 들으면 사이비 종교의 광신도 집단을 생각하는 사람들도 있다. 하지만 마음관리를 통해 마음을 다잡고 아침을 시작하다 보면 이전과는 다른 나를 발견할 수 있다.

　마음관리의 가장 큰 장점은 새로운 하루를 새로운 각오로 시작할 수 있다는 것이다. 인간은 살아가면서 누구나 실수를 하게 마련이다. 그런 인간에게 아침에 주어지는 마음관리 시간은 어제의 잘못된 내 모습을 돌아보고 새로운 하루를 시작할 수 있는 원동력이 되어 준다. 나의 경우만 보아도 그렇다. 나는 근성이 많지 않은 사람이다. 새로운 다짐을 한다고 해도 그 다짐의 유효기간은 하루를 넘지 못하는 경우가 많다. 친구들과 어울리고 놀러 다니는 것을 워낙 좋아하는 성격인지라 공부에 대한 각오는 더욱이 하루를 넘지 못한다. 그런 나에게 아침에 이루어지는 다니엘 마음관리는 중요하다. 부족한 근성과 짧은 다짐의 유효기간을 매일 아침 새로이 다질 수 있기 때문에, 매일매일 공부에 대한 긴장감을 유지할 수 있다.

　다니엘 마음관리의 또 다른 장점은 자연스럽게 아침공부에 빠져들 수 있도록 해준다는 데 있다. 아침에 일어나는 것이 버릇이 되었다고는 해도, 잠에서 깨어나자마자 맑은 정신을 가질 수 있는 사람은 많지 않다. 잠에서 깨어나고 나서는 조금 멍한 상태가 유지된다. 또는 컨디션이 안 좋은 날이면 몸이 무겁고 계속 졸게 된다. 그런 상태에서 바로 공부를 하면 학교 갈 준비를 하기 직전까지 졸기 십상이다. 하지만 일어나자마자 마음관리를 시작한다면 이야기는 다르다.

마음관리 시간은 책을 들여다보며 공부를 하는 시간이 아니라, 성경을 보고 기도를 하며 주님께 오늘 하루의 나를 맡기고, 나를 다잡는 시간이다. 성경을 보면서 기도하다 보면 조금씩 잠에서 깨어나는 것을 느낄 수 있다. 그러다 보면 마음관리가 끝날 즈음엔 완벽하게 맑은 정신으로 돌아와 있다. 따라서 최상의 컨디션에서 최선을 다해 공부할 수 있게 되는 것이다.

마음관리를 끝낸 후 이어지는 다니엘 아침공부는 최고의 선물을 선사한다. 아침에 하는 수학 공부는 간단히 말해 성적 향상에 도움이 된다. 마음관리로 각오를 다지고 하루 공부 목표를 선명하게 세운 다음 잠에서 깨어난 상태에서 공부를 한다고 생각해 보라. 맑은 정신에서 하는 공부는 졸린 정신에서 하는 저녁공부와는 다르게 집중력 향상 효과를 가져다준다.

나의 경우에는 다니엘 아침공부를 시작하기 전에는 당연히 저녁공부를 하곤 했었다. 하지만 저녁에는 피곤이 겹친 상태에서 공부를 하기 때문에 계속 졸게 된다. 그러므로 1시간 동안 수학문제를 푼다고 할 때, 쉬운 문제는 약 15문제, 아주 어려운 문제는 약 3∼4문제 정도밖에 풀 수 없다.

하지만 아침공부 시간에는 다르다. 저녁공부 시간에는 피곤하기 때문에 어렵다고 느껴졌던 문제들도 맑은 정신으로 풀기 때문에 쉽게 느껴진다. 또한 어려운 문제도 향상된 집중력으로 접근하기 때문에 풀이가 빨라질 수 있고, 못 푼다고 해도 답안지를 보면서 빠르게 이해할 수 있다. 아침공부 시간에는 쉬운 문제는 약 20∼35문제 정도 풀 수 있다. 또한 저녁공부 시간에 어렵다고 생각했던 문제들도 아침공부 시간에는 쉽게 풀리는 경우가 많다. 이렇게 집중력과 사고력이 향상되기 때문에 아침공부는 다른 때의 공부보다 몇 배 큰 효과를 얻을 수 있다.

이러한 효과들로 인해 가장 먼저 나타나는 결과는 바로 성적 향상이다. 나는 다니엘 아침공부를 시작하기 전까지는 모의고사 수리영역 점수가 50점대 안팎이었다. 다니엘 아침공부를 시작하고 약 4개월간은 별다른 변화가 없었다. 하지만 그 기간이 넘어서면서부터는 60, 70, 80점으로 조금씩 점수가 올라갔다. 점수가 높아지는 재미에 다니엘 아침공부를 더 열심히 하게 되었다. 그러다 보니 최근 본 모의고사 수리영역 점수를 100점을 받았다. 정말 무척이나 기쁘고 감사했다.

다니엘 아침공부와 마음관리의 효과는 이루 다 말로 할 수 없다. 나뿐만 아니라 다른 아이들도 다니엘 아침공부와 다니엘 마음관리의 이점을 깨닫고 자신의 목표를 향해 좀더 가까이 다가갔으면 좋겠다. **고2 박영란**

이 학생의 글에서 보듯이 수리영역 점수가 50점대인 학생이 지금은 100점 만점을 받게 되었다. 박영란 학생은 다니엘 아침형 공부 방법을 통해 지금은 서울대 의대를 목표로 할 만큼 성적이 상승했다. 이처럼 다니엘 아침공부는 성적 향상의 지름길이다.

6.
오전 수업시간에 졸지 않고 최고의
학습 분위기로 하루 수업을 받을 수 있다

인간의 두뇌는 잠에서 깨어나서 적어도 2시간 정도 지나야 완전히 정상적인 활동이 가능하다. 따라서 늦게 자고 늦게 일어나서 허겁지겁 학교에 가면 오전 내내 비몽사몽간에 수업을 받게 된다. 많은 학생들이 학교 수업을 대수롭지 않게 생각한다. '오늘 학교에서 제대로 못 들은 건 학원이나 과외로 보충하면 되지.' 하는 생각이 머릿속에 있기에 수업시간에 수업 내용을 대충 듣게 된다. 이런 상황에서 늦게 자고 늦게 일어난 학생이 오전 수업에 집중하기란 더욱더 어렵다.

학교 수업시간은 매우 중요하다. 특히 내신 시험은 학교 선생님들이 가르쳐주신 부분에서 출제되기에 더욱 그러하다. 학원 선생님이 학교 시험 문제를 출제하는 것이 아니기에 지나치게 학원을 의지하는 경우 내신성적이 잘 나오지 못하는 경우가 많다. 나는 대학 때에도 항상 수업시간 10분 전에 들어가 자리를 잡고 준비

기도를 드렸다. 나는 수업시간을 하나님께 드리는 예배시간으로 생각했다. 하나님은 우리가 우리의 삶을 하나님이 기뻐하시는 살아 있는 예배로 드릴 것을 원하시기 때문이다. 하나님은 우리의 삶이 그분께 영광 돌리기 위해 사는 삶이 되기를 원하신다.

| 롬 12:1 |

그러므로 형제들아 내가 하나님의 모든 자비하심으로 너희를 권하노니 너희 몸을 하나님이 기뻐하시는 거룩한 산제사로 드리라. 이는 너희의 드릴 영적 예배니라.

I urge you therefore, brethren, by the mercies of God, to present your bodies a living and holy sacrifice, acceptable to God, [which is] your spiritual service of worship.

| 고전 10:31 |

그런즉 너희가 먹든지 마시든지 무엇을 하든지 다 하나님의 영광을 위하여 하라.

Whether, then, you eat or drink or whatever you do, do all to the glory of God.

그래서 나에게 수업시간은 하나님께 삶을 드리는 예배시간이었다. 나는 수업시간을 하나님의 준비된 일꾼이 되기 위한 훈련을 받는 시간이라고 생각했다. 그래서 나는 수업을 받기 전 먼저 조용히 하나님께 기도를 드렸다. 오늘 받을 수업을 위해, 강의하시는 교수님을 위해, 그리고 수업시간에 최선을 다해 집중하여 수업을 할 수 있도록 마음을 붙잡아 달라고 기도했다.

이렇게 기도를 한 후 교수님께서 강의를 시작하시면 난 마치 목사님의 설교를 듣는 것처럼 최선을 다해 집중하여 그 입술을 쳐다보았다. 그리고 한 자도 놓치지 않고 집중하여 수업을 듣고자 힘썼다. 가능한 대로 수업을 들으면서 내용을 정리하고 중요한 내용은 그 시간에 외우려고 노력했다. 억지로 외우려고 하지 않아도 수업 내용에 대해 절박하고 겸손하고 가난한 마음을 가지고 집중하여 경청하면 나도 모르게 그 내용이 머릿속 깊이 저장되는 것을 경험했다.

이 모든 것이 다니엘 아침형 공부 스타일로 공부하고 준비했기 때문이다. 만약 내가 늦게 자고 늦게 일어나 허둥지둥 수업에 들어갔다면 나는 오전 내내 졸음과 싸워 가며 수업을 들어야 했을 것이다. 더욱이 나의 집에서 서울대까지는 왕복 약 4시간 거리였기에 만약 늦게 자고 늦게 일어나 아침에 허둥지둥 식사도 못한 채 전철로 달려갔다고 생각해 보라. 콩나물시루처럼 꽉 찬 러시아워 전철을 1시간 이상 타고 간다고 생각해 보라. 그리고 버스를 갈아타 다시 수업을 듣는 장소로 가기 위해 정신없이 달렸다고 생각해 보라. 숨을 헐떡이며 강의실에 겨우 들어갔다고 해도 그런 상태로 오전 수업을 제대로 집중하여 들을 수 있을까? 불가능할 것이다. 지각을 하지 않고 도착할 수 있을까 하는 긴장된 마음이 학교 강의실에 도착할 때까지 몸과 마음을 짓누를 것이다. 꽉 찬 지하철에서 한 시간 이상 씨름하다 보면 금세 피곤해질 것이다. 새

아침의 여유는 온데간데없고 너무나 힘든 하루가 시작될 것이다. 이렇게 하루를 시작하고 싶은가?

이와 반대로 아침 5시에 일어나 마음관리 시간을 갖고 스트레칭을 한 후 여유 있게 식사를 한다. 그리고 이른 아침 집을 나서서 사람이 드문드문 앉아 있는 여유 있는 지하철을 타고 그날 공부를 위하여 많은 구상을 하고 계획을 세운다. 눈이 피로하기에 가급적 지하철 안에서 책 보는 것은 줄이고 대신 머릿속으로 많은 생각을 한다. 학교에 도착하면 무척 기분이 좋다. 산 속에 넓게 펼쳐진 캠퍼스를 보기만 해도 속이 시원해진다. 시간적 여유, 마음의 여유가 충분하기에 수업이 있는 강의실로 바로 향하지 않고 잠시 빙 돌아보면서 좋아하는 음악을 들으며 캠퍼스를 걷는다. 그리고 그날 공부에 대해 더 세밀하게 생각하고 30분 단위로 공부계획을 확인해본다. 그리고 10분 전에 미리 강의실에 들어가 수업 준비를 한다.

오전 9시 수업시간, 어떤 학생들은 졸기도 하고 피곤해 하기도 하지만 나는 최상의 컨디션으로 집중하여 첫 수업시간부터 기분 좋게 시작할 수 있었다. 하루 수업이 시작되는 오전 수업시간은 그날 공부의 첫 단추를 꿰는 매우 중요한 시간이다. 나는 다니엘 아침형 공부 방법으로 4년을 대학에서 공부했다. 비록 집도 멀고 몸도 아파서 하루걸러 한 번씩 병원에서 치료를 받았지만 4년 평균이 99점이 넘는 성적으로 졸업할 수 있었다. 다니엘 아침형 공부법에 따라 생활했기 때문이다. 오전 수업시간을 맑은 정신으로 몸과 마음을 건강하게 유지한 채 최고의 컨디션으로 집중하여 보낼 수 있는 것은 다니엘 아침형 공부 스타일이 주는 놀라운 선물이다.

7.
높은 성취감으로 자신감을 회복하고
공부에 대해 새롭게 뜻을 정할 수 있다

요즘 학생들은 자존감이 매우 낮다. 자기 자신을 지나칠 정도로 과소평가하는 학생들이 많다. 특히 성적이라는 한 가지 기준으로 우등생, 열등생을 나누는 이분법을 통해 자기 스스로를 판단하는 데에 익숙하다. 사회가 성적이라는 기준으로 학생들을 판단하고 평가하기에 학생들 스스로도 그것에 길들여져 서로를 성적을 기준으로 바라본다. 따라서 성적이 상대적으로 낮은 학생들은 열등생이라는 생각을 가지고 살아가게 된다. 심지어 자신을 인생낙오자라고까지 여기는 학생들도 많다.

'어차피 현재 내 성적으로는 기껏해야 전문대 아니면 지방대밖에 못 가는데 내가 뭘 먹고 어떻게 사나? 과연 앞으로의 나의 미래는 어떻게 될까? 귀찮고 머리 아프다. 그냥 되는 대로 살자. 그까짓 거 어떻게 되겠지.'

학생들은 겉으로는 표현하지 않아도 자신의 미래에 대해 많은 생각을 한다. 하고 싶은 일도 있고 가고 싶은 대학도 있다. 그렇지만 그것을 말하지 않을 뿐이다. 왜냐하면 현재의 나의 성적을 생각하면 불가능해 보이기 때문이다. 안타까운 것은 역전의 가능성이 많이 있음에도 불구하고 이미 늦었다는 마음의 밧줄에 너무 강하게 묶여 있는 나머지 시도조차 해보지 못하는 것이다. 혹 시도를 했어도 될 때까지 부딪쳐 보기는커녕 좀 시도해 보다가 할 수 없다는 생각 쪽으로 금세 방향을 틀어 버린다. 그리고 부정적 생각은 더 커져서 그 이후로는 아예 시도조차 해보지 못한다.

다니엘 아침형 공부 스타일로 30일만 실천해 보면 이런 부정적 생각은 눈 녹듯 사라질 것이라 확신한다. 현재 출강하는 학원에서 나는 많은 학생들에게 다니엘 아침형 공부 스타일로 공부할 것을 강조하고 가르친다. 밤늦게 자고 늦게 일어나는 것에 익숙해진 아이들이 처음에는 무척 힘들어 하고 낯설어 했다. 그러나 적응이 된 친구들은 누구나 '나도 할 수 있구나.' 하는 자신감을 가지게 되었다.

>>> 2005년 6월쯤 김동환 선생님께서 강의하시는 학원을 다니게 된 학생이다. 엄마께서 김동환 선생님께서 강의하시는 학원을 아시는 분한테 들으셔서 나를 그곳으로 보내주셨다. 처음에는 익숙하지가 않았다. 물론 나는 기독교인이지만, 수업하기 전에 기도를 하고 시작하는 학원은 처음이었다.

김동환 선생님께서는 매일 강조하시는 한 가지가 있었다. 바로 다니엘 아침형 공부이다. 아침공부는 저녁 10~11시 사이에 잔 다음에 새벽 4~5시쯤 일어나서 마음관리를 한 다음에 수학 공부를 하는 것이다. 나는 보통 11시쯤 잔 다음에 7시에 일어나서 그냥 학교에 가곤 했었다.

하지만 김동환 선생님께서 강조하시는 다니엘 아침공부를 나도 실천해 보았다. 초반에는 아침에 일어나서 마음관리와 공부를 하는 것이 힘들었다. 4시 30분에 일어났다가 너무 잠이 와서 다시 잤던 경우도 많다. 그래서 나는 10시 30분에 자서 5시에 일어났다. 일어나면 바로 화장실로 가서 세수를 한 다음에 책상으로 갔다. 그 다음에 다니엘 마음관리를 하였다. 마음관리를 할 때에는 소리 내어 성경을 읽고, 부르짖으며 기도해야 한다. 그래야 잠이 싹 다 깬다. 그러고 나서《다니엘 마음관리 365일》을 보면서 하루 공부 계획을 세웠다.

아침에 늦게 일어나서 학교에 가면 수업을 들을 때 잠이 오고, 집중도 잘 되지 않았다. 하지만 다니엘 아침공부를 실천하고 난 후로는 하루가 즐겁고, 왠지 기분까지 들뜬다.

선생님께서는 아침에 마음관리를 하고 수학 공부를 하라고 하신다. 나는 원래 수학 공부를 학교 갔다 와서 하곤 했다. 그런데, 아침에 수학 공부를 하면 머리가 빨리 회전이 되어서 더욱 집중이 잘되고, 문제가 훨씬 쉽게 풀렸다. 예를 들어, 새벽에 일어나지 않고 학교 갔다 와서 수학 공부를 4시간 했다고 해 보자. 과연 잘될 것인가? 자기 마음대로 공부가 되지 않을 것이다. 왜냐하면 학교에서 수업도 듣고, 뛰어다니느라 힘이 많이 빠져 있기 때문이다.

그렇지만 아침에 일어나서 마음관리를 하고 수학 공부를 2시간 했다고 해 보자. 아직 다니엘 아침공부가 습관이 되어 있지 않은 아이들에게는 아침공부가 불가능한 것처럼 보이고 힘들고 어렵게 느껴질 것이다. 나도 처음에는 그랬다. 하지만 아침에 다니엘 마음관리를 확실히 한 후 수학 공부를 해본 사람들은 수학이 얼마나 재미있는지를 알고 있을 것이다.

내가 다니엘 아침공부를 시작하면서 달라진 점은 첫째, 하루가 즐겁다는 것이다. 다들 '아침형 인간'이라는 말을 한 번씩은 들어보았을 것이다. '다니엘 아침형 학생'은 밤에 일찍 자고, 아침에 일찍 일어나서 하루를 시작하는 사람을 말한다. 다니엘 아침공부를 해 보면 느끼게 되겠지만 정말 하루가 즐겁다는 생각이 들 것이다. 특히 마음관리를 제대로 하는 것이 중요하다.

둘째, 학교에 빨리 가서 수업을 듣고 싶은 생각이 든다. 솔직히 말해서 나는 과거에 학교에 가기를 싫어하는 아이였다. 학교에 가면 친구들을 만나는 것은 좋지만 지루하고 공부만 하는 곳이라 생각되어 따분하게 느껴졌다. 그렇지만 이런 생각이 잘못된 것이란 걸 깨달았다. 다니엘 아침공부 시간에는 수학 공부를 한다. 그렇다고 학교에 갔을 때 수학 수업만 듣고 싶어지는 것은 아니다. 다른 모든 과목의 선생님 말씀에도 귀를 기울이게 된다. 수학수업만이 아니라 **다른 수업도 마찬가지로 재미있어지는 것이다.** 나는 선생님께서 필기해 주시는 것들을 다 받아 적기 시작하였다.

마지막으로, 짜증을 내지 않게 되었다. 나는 짜증을 많이 내는 편이었다. 아침 7시쯤 일어나면 정말 졸려서 잠이 덜 깬 상태로 엄마에게 짜증부터 내곤 했었다. 성격을 바꾸어야 한다고 생각을 많이 했지만 잘 되지 않았었는데, 김동환 선생님의 강의를 듣고 다니엘 아침공부를 한 후부터는 아침 일찍 일어나도 저절로 짜증을 내지 않게 되었다. 아침부터 짜증을 내면 나도 기분이 나쁘고 엄마도 정말 기분이 안 좋으실 것이다. 그런데 다니엘 아침형 공부법은 이 모든 걸 해결해 주었다. 그래서 요즘은 더 열심히 다니엘 아침형 학습을 하고 있다.

아침공부에 있어서 가장 중요한 것은 마음관리이다. 나도 어느 때는 아침에 일어나서 성경 읽는 것을 귀찮아하고 기도하는 것을 힘들어 하였다. 그래서 마음관리를 하지 않고 바로 수학 공부를 해 본 적도 있다.

그런데 나는 마음관리를 할 때와 안 할 때의 차이점을 직접 경험하였다. 다니엘 마음관리가 하루의 생활, 기분 등을 바꾸어 주는 역할을 한 것이다. 나는 현재 성경을 15분 동안 소리 내서 읽고, 15분 동안 큰 소리로 기도하며 마음관리를 한다. 처음에는 기도를 5분도 못하고 성경도 대충대충 한 장만 읽었다. 그런데 김동환 선생님 말씀대로 꾸준히 마음관리를 해 나가다 보니 어느새 나도 모르게 기도 시간, 성경 보는 시간이 저절로 늘어갔다.

그런데 이상한 것은 마음관리를 하지 않고 아침공부를 하면 수학 공부를 오래 하지 못한다는 점이다. 잠을 자다가 일어나는 일은 누구에게나 힘들다. 그렇기 때문에 공부를 하려고 하면 곧바로 다시 잠이 몰려와서 나도 모르게 잠을 자게 된다. 그런데 마음관리를 하면 졸지 않고 공부할 수 있다. 그리고 더 신기한 것은 학교 수업시간에도 아침 일찍 일어났는데도 졸리지 않다는 것이다. 만약 마음관리 시간이 아까워서 마음관리를 하지 않고 공부를 하면 설사 그 시간을 아낄 수 있을지는 몰라도 학교에 가서는 중요한 수업시간에 엎어져 자게 될 것이다.

마음관리를 하고 나면 내가 오늘 하루 왜 공부해야 하고 얼마만큼 공부해야 하는지 구체적인 목표가 생기고 동기가 부여되기 때문에 학교에서도 쉽사리 졸지 않고 집중하여 공부할 수 있다. 마음관리 후에 수학 공부를 직접 해 보면 확실히 차이점을 발견할 수 있다. 훨씬 집중이 잘되고 빨리빨리 정확하게 문제도 풀 수 있는 것이다.

나처럼 다른 학생들도 다니엘 아침공부를 시작해 보기를 강력히 추천한다. 나처럼 아침잠이 많던 사람도 달라졌다. 성적도 향상되었다. 자신감도 생겼다. 하루가 기뻐졌다. 여러분도 꼭 이렇게 공부하기를 강력히 추천한다. 중3 최윤경

공부에 자신감이 없던 윤경이가 새롭게 변화된 모습을 보면서 다니엘 아침형 학습이 가지는 큰 힘을 또 한 번 실감했다. 단순히 학업 성적뿐만 아니라 매사에 자신감을 갖게 된 모습을 보면서 선생님의 보람을 느낀다. 그리고 매일매일 하루도 빠지지 않고 열심히 다니엘 아침공부를 하는 윤경이가 참 대견하다. 아침공부가 쉬

운 것은 아니다. 하지만 윤경이의 예처럼 아침공부를 한 번이라도 해 보게 되면 내가 무언가를 해냈구나 하는 자신감을 느끼게 된다.

다른 친구들이 자는 시간에 깨어나 부족한 과목을 보충했다는 생각은 공부에 의기소침해 있던 친구들에게 엄청난 자신감을 회복 시켜 준다. 그동안 나도 모르게 시간을 낭비하고 제대로 공부하지 못한 채 어영부영 시간을 보냈던 중압감에서 조금씩 벗어날 수 있다. 왜 내가 그때 공부하지 않고 시간을 대충 보냈지 하는 자책감에 서 조금씩 벗어날 수 있다. 아침공부는 저녁공부보다 몇 배의 효율 성이 있기에 그동안 낭비했던 시간을 충분히 만회할 수 있기 때문 이다. 6개월 정도만 꾸준히 다니엘 아침형 공부 스타일을 유지할 수 있다면 그 학생은 지나간 2년을 충분히 보충하고 남을 것이다.

이만큼 다니엘 아침형 공부 스타일은 엄청난 힘을 가지고 있다. 그동안 '나는 할 수 없어. 나는 이미 늦었어. 다시 시작하고 싶지 만 엄두가 나지 않아.' 하던 학생들에게 다니엘 아침형 공부법은 자신감을 회복시켜 준다. 자신감이 회복된 친구들은 자존감 역시 조금씩 회복된다. 이렇게 내면의 질서가 바로잡히기 시작하면 겉 으로도 변화가 따라온다. 친구들 앞에서 많이 웃게 된다. 친구들 앞에서 자존감이 낮아 늘 표정이 어둡고 말이 없던 학생들이 자신 감을 회복하게 되면서 이제는 당당하게 친구들과 어울리며 교제 하기 시작한다. 마음의 여유가 생기기 시작한 것이다.

다니엘 아침형 공부 스타일은 단순히 성적만을 올려 주는 것이 아니라 내면세계의 질서를 바로잡아 주어 인생을 변화시키는 엄 청난 저력을 지닌 공부법이다.

다니엘 아침형 학생이 되기 위한
'30일 7단계' 방법

그러면 이렇게 엄청난 효과가 있는 다니엘 아침형 학생이 되기 위해서는 어떻게 해야 할까? 이제부터 본격적으로 다니엘 아침형 학생이 되기 위한 30일 7단계 학습법을 알아보고 실천해 보도록 하자.

다니엘 아침형 7단계 학습법을 모두 마스터한다면 여러분은 이제 이전과 다른 새로운 사람이 될 것이다. 여러분의 좌절된 꿈과 비전이 회복되어 이전보다 더 멀리 더 높이 미래를 향해 나아갈 수 있을 것이다. 21세기 진정한 리더로 거듭나게 될 것이다. 나에게 직접 강의를 듣는 수많은 학생들이 변했듯이 여러분도 다니엘 아침형 7단계 학습 과정을 통해 변화될 것을 확신한다. 힘을 내서 시작해 보자. 늦었다고 포기하고 좌절하면 나의 꿈과 비전을 다시 회복할 가능성은 0%이다. 늦었지만 지금이라도 시작하면 가능성은 무한하다. 힘을 내어 다시 한 번 도전해 보라. 아직 포기할 때가 아니다. 30일간의 훈련 과정을 통해 여러분도 변화될 수 있다.

　　"다니엘 아침형 7단계 학습 훈련소에 입소한 여러분을 진심으로 환영합니다. 앞으로 30일, 힘들겠지만 최선을 다해 성실하게 노력한다면 여러분의 인생에서 가장 소중한 시간을 경험하게 될 것입니다. 자, 이제 시작해 봅시다."

1 2 3	4 5 6 7 8 9 10 11 12 13 14 15 16 17 18 19 20 21 22 23 24 25 26 27 28 29 30

제1단계(1~3일, 총3일)
15분 마음관리, 5분 스트레칭
새로운 시작을 다짐하는 단계
평소 등교준비 시간보다 20분 일찍 일어나기

20분 일찍 자기와 등교 준비하기

우선 처음 3일간은 욕심을 크게 부리지 말고 등교 준비 시간 20분 전에 일어나는 것을 목표로 한다. 예를 들어 7시 30분에는 출발해야 학교에 지각하지 않고 넉넉히 도착할 수 있는 학생의 경우 7시부터는 등교 준비를 해야 한다. 등교 준비란 학교 가기 위해 씻고 아침을 꼭 먹는 것을 의미한다. 책가방은 다니엘 아침형 학생이 되기 위해서는 저녁 자기 전에 미리 챙겨 두도록 한다. 새벽 1시에 자서 7시에 일어나던 학생이었다면 적어도 12시 40분에는 잠자리에 들고 6시 40분에는 일어나도록 한다.

1단계에서 제일 중요한 것은 평소 자는 시간보다 20분 일찍 자는 것이고, 아침에 평소 등교 준비 시간보다 20분 일찍 일어나는 것이다. '뭐 별거 아니네.' 하고 생각하는 학생들도 있을 것이다. 하지만 첫 시작은 매우 중요하다. 기분 좋은 시작을 위해서 첫 단계의 난이도는 그다지 높지 않다. 하지만 첫 단계부터 마음의 준비를 단단히 해야 한다. 적어도 내가 20분씩 일찍 자고 일찍 일어날 것을 확실히 다짐하고 뜻을 세워야 한다.

일찍 일어난 아침 20분을 어떻게 보낼까? 일단 일어난 다음 바로 5분 성경 읽기, 5분 기도를 하고, 5분 동안《다니엘 마음관리 365일》그날 분량을 읽으며 하루 공부계획을 세운 후, 5분 스트레칭을 하는 방법이 있다. 너무 졸릴 수 있으므로 샤워를 한 다음 20분간 같은 순서로 아침 마음관리 시간을 가질 수도 있다. 샤워를 할 경우에는 샤워 시간을 계산하여 조금 더 일찍 일어나도록 한다.

다니엘 아침형 학습 1단계에서 유의할 점

다니엘 아침형 학습 7단계 프로그램을 시작하기 위해서는 먼저 전체 7단계 내용을 모두 읽고 숙지해야 한다. 그리고 첫 단계부터 큰 그림을 그리면서 뜻을 세우도록 한다. 30일 동안 7단계를 모두 끝내기 위해서는 처음 시작할 때부터 다음 단계에 대한 기본 내용들이 머릿속에 있어야 실패 없이 다음 단계로 넘어갈 수 있기 때문이다.

또 한 가지 주의할 점은 20분이라는 시간을 과소평가하여 평소 잠자리에 드는 시간은 그대로 하고 일어나는 시간만 20분 당기려고 하지 말라는 점이다. 다니엘 아침형 7단계 학습법은 인위적으로 잠을 줄이는 것이 아니라 자는 시간과 일어나는 시간을 조정하여 가장 효율적인 시간에 집중하여 공부하는 것이다. 따라서 자는 시간은 똑같이 하고 일어나는 시간만 앞당기면 진정한 다니엘 아침형 학습법이 아니다. 물론 그동안 지나치게 잠이 많았던 친구들은 다니엘 아침형 학습 훈련 과정을 통해 조금씩 자는 시간을 줄여도 좋다. 하지만 현재 수면시간이 적정한 상태에서는 수면시간을 줄이지 말고, 자는 시간과 일어나는 시간만을 재조정하도록 한다.

이제 여러분은 언제 잘지를 계획해야 한다. 저녁에 집에 와서 쉬거나 간식을 먹을 때 일단 먼저 오늘은 몇 시에 자고 내일은 몇 시에 일어날지를 계획한 다음 쉬도록 한다. 그냥 무작정 다니엘 아침형 학습 7단계 프로그램에 덤볐다가는 계속 실패를 하다가 결국 도중에 포기하게 될 수 있다.

예를 들어 월요일부터 다니엘 아침형 학습 7단계 30일 프로그램에 들어가겠다고 하면, 적어도 일요일 오후까지는 오늘 몇 시에 자고 내일 아침 몇 시에 일어나서 마음관리를 할지를 마음속에 다짐하고 있어야 하며, 그것을 위해 일요일 저녁에 정해진 시간에 잠자리에 들어야 한다. 이것이 별 것 아닌 것처럼 보일 수 있으나 그렇게 하는 학생과 그렇지 않은 학생은 큰 차이를 보인다. 그리고 잠자리에 들기 전에 반드시 월요일 수업 책가방을 챙기는 걸 잊지 않도록 한다. 작지만 다니엘 아침형 학습 7단계 과정을 완성하기 위해서 반드시 해야 할 중요한 일이다.

소리 내어 5분간 성경 읽기

아침에 일어나 5분간 성경을 볼 때는 자신이 좋아하는 부분부터 보아도 좋다. 성경 볼 때 주의할 점은 그냥 눈으로만 보지 말라는 것이다. 눈으로만 보다 보면 금세 잠이 쏟아져 다시 침대로 돌아갈 수 있다. 소리 내어 읽으면서 나의 온몸 신경 하나하나를 자극해 주도록 한다. 그냥 앉아서 읽을 수도 있지만 일어서서 방을 돌아다니며 소리 내어 읽어도 좋다.

혼자서 성경 읽기가 너무 힘든 친구들은 부모님과 함께 5분간 성경을 한 절 한 절 교대로 읽는 것도 좋고 함께 소리 내어 읽는 것도 좋다. 처음 시작할 때는 옆에 같이 해 주는 사람이 있으면 훨씬 더 도움이 된다. 5분 내내 성경 읽기가 힘든 친구들은 1분 정도 《다니엘 마음관리 365일》을 날짜에 맞추어 먼저 소리 내어 읽은 다음 성경을 읽어도 좋다.

일단 5분간 성경을 읽으면서 중요하다고 생각되는 부분과 하나님이 약속하신 부분에는 밑줄을 치도록 한다. 그러고 나서 오늘 읽은 성경 말씀을 생각하고 나를 얽매고 있는 여러 마음의 밧줄들을 기억하면서 5분 동안 하나님께 기도하는 시간을 갖는다.

기도 노트 만들기

사실 청소년들의 평균 기도 시간은 하루 2분을 넘지 못한다. 밥

먹을 때 마음속으로 길게 해 봤자 10초가 넘지 못한다. 그리고 자기 전에 침대에 누워서 '안녕히 주무세요.' 라는 짧은 기도를 한다. 아침에는 허둥지둥 학교에 가느라 제대로 기도조차 못한다. 그런 친구들이 하루 5분 아침에 기도한다는 것이 쉬운 일이 아니다.

따라서 우선 자신이 기도할 제목들을 죽 노트를 만들어 적어 보는 것이 좋다. 그리고 가족들의 기도 제목들도 함께 적어 두도록 한다. 친한 친구들의 기도 제목을 적는 것도 좋다. 그리고 그날 성경을 읽으면서 깨달은 부분을 생각하며 기도할 수 있다. 그리고 오늘 자신의 공부와 하루 생활을 위해서 기도할 수 있다. 이런 식으로 기도를 하다 보면 5분 동안 기도할 수 있다.

하지만 신앙이 아직 너무 어린 친구들은 이렇게 하는 것조차 버거울 수 있다. 이럴 때는 부모님의 도움이 필요하다. 부모님께서 5분간 자녀와 함께 손잡고 서로를 위해 축복 기도하는 시간을 갖는 것이다. 이렇게 부모님께서 도와주면 기도에 익숙하지 못한 친구들도 익숙해질 수 있다. 마치 모세가 손들고 기도할 때 그 힘이 부족하자 아론과 훌이 옆에서 함께 손을 붙잡고 기도해 준 것과 같다.

| 출 17:11 |

모세가 손을 들면 이스라엘이 이기고 손을 내리면 아말렉이 이기더니

So it came about when Moses held his hand up, that Israel prevailed, and when he let his hand down, Amalek prevailed.

| 출 17:12 |

모세의 팔이 피곤하매 그들이 돌을 가져다가 모세의 아래에 놓아 그로 그 위에 앉게 하고 아론과 훌이 하나는 이편에서, 하나는 저편에서 모세의 손을 붙들어 올렸더니 그 손이 해가 지도록 내려오지 아니한지라

But Moses' hands were heavy. Then they took a stone and put it under him, and he sat on it; and Aaron and Hur supported his hands, one on one side and one on the other. Thus his hands were steady until the sun set.

5분간 하루 공부 계획 세우기

이렇게 5분 간 기도한 후에는 《다니엘 마음관리 365일》을 날짜에 맞춰 소리 내어 읽고 하루 공부 계획을 한 시간 단위로 세워 보도록 한다. 익숙해지면 30분 단위로 해도 좋다. 자신에게 맞도록 적절하게 조정하면 된다. 일단 1시간 단위로 오늘 공부할 계획을 세운다. 학교 가기 전 공부, 학교에서의 공부, 학교가 끝난 다음 자기 전까지 공부, 이렇게 나누어 공부 계획을 세워 보도록 하자.

가령 월요일 7교시 수업이 있다고 하자. 6시 40분에 일어나서 7시까지 다니엘 마음관리와 스트레칭을 한다. 7시부터 7시 30분까지 아침을 먹고 학교 갈 준비를 마친다. 8시까지 학교에 도착한 후 자습을 한다. 8시 30분부터 1교시가 시작되어 12시 20분에 4교시

가 마친다. 12시 20분부터 1시 30분까지 점심식사를 한다. 1시 30분부터 4시 30분까지 5, 6, 7교시 수업을 듣는다. 5시에 집에 온다. 12시 40분에 잠자는 것으로 할 때 5시부터 12시 40분까지의 계획을 1시간 혹은 30분 단위로 세운다.■

이렇게 하루 공부 계획을 세워 본다. 그리고 그것을 꼭 지키겠다고 다짐해 본다. 그다음 5분 동안 밖에 나가서 몸을 스트레칭해 본다. 방 안에서 하는 것도 좋지만 신선한 공기를 마시면서 밖에서 5분 정도 몸을 이완하며 체조하면 더 좋다.■■

꼭 아침 먹기

이렇게 20분을 보내면 여러분은 다니엘 아침형 학습 1단계 첫날을 아주 성공적으로 시작한 것이다. 그런데 여기서 끝난 것이 아니다. 학교 가기 전에 여유 있게 아침을 반드시 먹는 일이 남았다. 학교 책가방은 어제저녁에 싸 두었기 때문에 여유가 있다. 교복을 갈아입고 아침을 기분 좋게 꼭꼭 씹어 먹도록 하라.

아침 마음관리와 스트레칭을 한 다음 먹는 아침밥은 어떤 보약보다 몸에 좋다. 그러니 꼭 잊지 말고 천천히 마음 편하게 식사를 맛있게 하도록 한다. 아침식사를 제대로 하지

■ 과목별, 시간별로 더 구체적인 학습 계획을 알고자 한다면 《다니엘 3년 150주 주단위 내신관리 학습법》을 참고하면 된다.
■■ pp. 229~233에 스트레칭 방법이 상세히 나와 있으니 미리 참조하기 바란다.

않고 학교 수업에 임할 경우 공부에 필요한 에너지원의 섭취 부족으로 집중력 저하가 온다. 그리고 금세 몸이 피곤해진다. 그 결과 오전 내내 피곤하고 멍한 상태로 수업을 듣게 되어 능률이 현격하게 떨어진다. 따라서 아침식사는 여유 있게 충분히 하도록 한다. 그리고 부모님께 인사드리고 기분 좋게 학교로 출발하도록 한다.

다니엘 아침형 학습 제1단계를 마무리하며

이것이 다니엘 아침형 학습 제1단계 첫날 시작이다. 이런 방식으로 이틀을 더 하면 여러분은 1단계를 완성한 것이다. 3일 동안 1단계를 모두 완성한 친구들은 이제 2단계로 넘어가도 좋다. 정말 축하한다. 시작이 반이라는 말이 있듯이 여러분은 이제 새로운 인생의 변화를 맛볼 준비 단계를 마친 것이다. 만약 3일 가운데 실패한 날이 있다면 그 실패한 날만큼 채운 다음 2단계로 넘어가도록 한다. 예를 들어 하루를 실패했으면 하루를 더 채워 세 번을 성공한 다음 2단계로 넘어가면 된다.

미리 알아둘 것 한 가지, 다니엘 아침형 7단계를 모두 마친 학생들에 한해서는 자유롭게 마음관리 시간을 늘려도 좋다. 기도 시간, 성경 시간, 공부 계획 세우는 시간, 스트레칭 시간을 자유롭게 자신에게 맞도록 조정해도 좋다. 하지만 7단계를 마치지 않은 상태에서는 5분 성경, 5분 기도, 5분 공부 계획, 5분 스트레칭을 기본 패턴으로 삼아 익히기를 바란다.

2.
다니엘 아침형 학습 제2단계_초급과정 ②

1	2	3	4	5	6	7	8	9	10	11	12	13	14	15	16	17	18	19	20	21	22	23	24	25	26	27	28	29	30

제2단계(4~6일, 총3일)
15분 마음관리 시간, 5분 스트레칭, 10분 영어 단어숙어 소리 내어 외우기
아침공부를 실제로 시작해 보는 단계
등교준비 시간 30분 전에 일어나기

10분간 소리 내어 영어 읽기

3일 정도 20분 일찍 일어나 보면 몸과 마음이 무척 개운하다는 것을 느낄 것이다. 마음관리 후 스트레칭을 하고 나면 아침밥도 무척 맛있다. 두 번째 단계는 아침공부를 실제로 시작해 보는 것이다. 10분간 소리 내어 영어 단어 숙어를 외우는 것은 잠을 깨는 데에도 효과적이고 기억을 오래 할 수 있다는 장점이 있다.

나는 나의 강의를 듣는 모든 학생들에게 반드시 소리 내어 영어 단어 숙어 공부를 하라고 한다. 특히 아침공부에 익숙하지 못한 친구들은 맨 처음부터 너무 무리한 공부를 하기보다는 쉬우면서도 잠을 깨우는 공부를 하는 것이 좋다. 소리 내어 영어 단어 숙어를 외우다 보면 복근에 힘이 들어가면서 우뇌 좌뇌에 자극을 주게 된다. 우뇌 좌뇌에 자극을 주게 되면 두뇌로 가는 혈액량이 증가

하면서 이때 외운 단어 숙어들은 장기기억으로 저장되게 된다. 특히 눈으로만 영어 단어를 공부하는 것보다 소리를 내고 눈으로 보면서 여러 감각을 동시에 활용하게 되면 그만큼 두뇌에 자극을 주어 더 빨리, 더 오랫동안 기억이 된다. 또한 소리를 내는 것 자체가 졸음을 물리치는 데 도움이 된다.

영어 단어 숙어를 외울 때는 굳이 앉아서 공부를 하지 않아도 좋다. 방에서 이리저리 걸어 다니며 소리 내어 외우는 것도 좋은 방법이 된다. 만약 아침에 영어 단어 숙어를 외우는 것이 싫은 학생이라면 현재 학교에서 배우는 영어 본문을 소리 내어 쭉쭉 읽는 것도 괜찮다.

초등학생의 경우는 현재 배우고 있는 영어를 소리 내어 읽도록 한다. 단어 숙어, 본문 상관없이 소리 내어 읽으면 된다. 초등학교 기간은 중고등학교 기간과 비교하면 상대적으로 시간이 무척 많다. 영어 공부를 미리 많이 해 둘 수 있다. 언어 공부는 어렸을 때 많이 소리 내어 읽고 많이 듣고 많이 써 보는 것이 중요하다. 공부라고 생각하지 말고 연습이라고 생각하는 것이 더 맞을 것이다.

나에게 영어를 배우는 초등학생들은 강의 시간에 배운 본문을 매일 하루 5번씩 소리 내어 크게 읽고 3번씩 쓰는 숙제를 한다. 그리고 매일 꾸준히 미국 영어 교과서를 3번 듣고 3번 받아쓰기 숙제를 한다. 이렇게 매일 많이 소리 내어 읽고 많이 듣고 많이 받아쓰기에 학생들의 실력이 엄청나게 향상되는 것은 지극히 당연하다. 굳이 해외 조기유학이나 어학연수를 시키지 않더라도 좋은 교재를 택해 좋은 방법으로 공부하면 국내에서도 얼마든지 탁월한 영어 실력을 쌓을 수 있다.

대학생의 경우에는 10분간 소리 내어 토플 혹은 토익 단어 숙어, 본문 어느 것이든 읽는다. 자신이 현재 공부하는 영어 교재를 택하여 소리 내어 읽도록 한다. 많이 소리 내어 읽으면 읽을수록 영어라는 언어가 친숙해질 것이다.

영국에서 어학연수를 할 때 많은 영국인들이 내 발음이 참 좋다고 했다. 어려서 외국생활을 했느냐고 물어오기도 했다. 하지만 나는 외국에서 살아 본 적이 없었다. 그저 어려서부터 영어 읽기를 좋아해서 영어 테이프를 들으면서 소리 내어 그들의 발음을 따라하며 크게 읽었다. 그것이 나의 영어 실력을 향상시키는 데 큰 도움이 되었다.

여건이 되어 어학연수를 해외에 가는 것도 좋지만 상황이 여의치 못한 학생들도 많다. 그런 학생들에게 꼭 말하고 싶다. 매일매일 크게 소리 내어 영어를 많이 읽자. 그리고 영어를 들으면서 많이 따라해 보자. 국내에서도 제대로 준비하면 얼마든지 해외 어학연수 다녀온 학생들보다 영어를 더 잘할 수 있다. 모든 것은 내가 얼마나 지속적으로 실천하느냐에 달려 있다.

제2단계를 마무리하며

이렇게 3일 동안 공부를 하면 제2단계도 무사통과다. 2단계에서의 시간은 30분이다. 따라서 30분 일찍 자고 30분 일찍 일어나

는 것이 매우 중요하다. 20분과 30분은 큰 차이가 있다. 제1단계를 잘 소화했어도 제2단계에 와서 실패하는 것은 평소보다 30분 일찍 일어나는 준비를 잘하지 못했기 때문이다. 10분간 소리 내어 영어를 읽는 것은 그다지 어렵지 않다. 2단계에서 어려운 것은 30분을 일찍 일어나는 것이다. 6시 30분에 일어나기 위해서는 12시 30분에는 자도록 한다. 그러기 위해서는 제1단계 때부터 2단계의 주의사항을 잘 이해하고 마음의 준비를 단단히 해 두어야 한다.

제2단계 3일을 효과적으로 마친 학생들 모두를 축하하고 싶다. 다니엘 아침형 7단계 학습법의 초급단계 두 과정을 성실하게 잘 마쳤기 때문이다. 6일 동안 정말 수고가 많았다. 앞으로 있을 중급단계 세 과정도 힘을 내어 멋지게 해내기를 소원한다. 3일 모두 성공한 학생들은 3단계로 넘어가도 좋다. 그렇지만 2단계에서 3일 중에 실패한 날이 있으면 실패한 날만큼 보충하여 채운 다음 3단계로 넘어가도록 한다.

3.
다니엘 아침형 학습 제3단계_중급과정 ①

| 1 | 2 | 3 | 4 | 5 | 6 | 7 | 8 | 9 | 10 | 11 | 12 | 13 | 14 | 15 | 16 | 17 | 18 | 19 | 20 | 21 | 22 | 23 | 24 | 25 | 26 | 27 | 28 | 29 | 30 |

제3단계(7~10일, 총4일)
15분 마음관리, 5분 스트레칭, 30분 수학 문제집 풀기
다니엘 아침형 학습의 진수를 조금씩 배우는 단계
등교준비 시간 50분 전에 일어나기

3단계에 올라온 여러분들 모두에게 큰 축하를 보낸다. 이제부터는 다니엘 아침형 공부의 진수를 조금씩 배우는 단계이다. 3단계를 잘 버틸 수 있다면 여러분은 다니엘 아침형 공부 스타일의 절반은 마스터했다고 볼 수 있다. 앞서 6일 동안 마음관리와 5분 스트레칭을 꾸준히 한 여러분은 이제는 마음관리와 스트레칭이 얼마나 삶을 윤택하고 여유 있게 만드는지를 알 것이다. 7일째부터는 드디어 아침 수학 공부에 들어가게 된다. 하루 중 가장 공부가 잘되는 아침시간에 집중적으로 수학을 공부하는 것이다.

영어와 수학의 특성

영어와 수학은 대학 입시에서 매우 중요한 과목들이다. 그런데 이 두 과목은 각각 특성이 다르다.

영어는 언어이기에 언어가 가지는 독특한 공부 방식이 있다. 한국어를 잘하기 위해서 우리는 많이 듣고 많이 따라하고 많이 외웠다. 나의 경우 주로 영어는 다른 공부를 하다가 공부가 잘 되지 않고 머리가 지쳤을 때 짬짬이 소리 내어 했다. 영어는 공부라고 생각하지 말고 연습이라고 생각하는 것이 더 바람직하다. 영어는 언어이기에 많이 연습하고 반복하면 실력이 늘기 때문이다.

예를 들어 수학 문제를 풀다가 잘 풀리지 않고 머리가 뻑뻑해지면 잠시 수학 공부를 접어 두고 영어 본문을 소리 내어 10분 정도 크게 읽어 내린다. 아니면 10분 정도 영어 단어 숙어를 소리 내어 계속 읽는다. 수학 공부를 할 때는 책상에 정자세를 하고 집중해서 풀지만 영어의 경우는 앉아 있지 않아도 된다.

나는 허리 디스크 때문에 장시간 책상에 앉아 있지 못했다. 그래서 꼭 책상에 앉아서 해야 할 공부는 앉아서 했지만, 쉬는시간이나 짬이 나면 집안 이곳저곳을 돌아다니며 소리 내어 영어 공부를 했다. 심지어는 영문법을 공부할 때도 책을 들고 무작정 소리 내어 읽었다. 이렇게 공부하다 보면 별로 공부한 것 같지도 않고 재미있게 기분 전환했다는 생각이 든다. 별도로 시간을 들이지 않고 짬짬이 공부를 했는데도 영어 성적은 잘 나왔다.

2008년 서술형 본고사 부활과 그 해결 방법

이렇게 영어 공부를 하면 수학 공부할 시간이 많이 확보된다. 특히 수학은 책상에 앉아서 집중해서 문제와 씨름을 해야 하기에 가장 집중이 잘 되는 시간을 확보해서 적어도 30분 이상 공부해야 한다. 더욱이 2008년 서술형 본고사가 부활되면 수학 문제의 난이도는 무척 높아질 것이다. 따라서 수학의 경우 상위권 대학에 들어가기 위해서는 양적인 공부보다 질적인 공부가 절대적으로 필요하다.

다니엘 아침형 학습법은 이 문제를 가장 효과적으로 해결할 수 있는 방법이다. 하루 중 제일 머리가 맑고 집중이 되는 아침에 집중적으로 수학을 공부하는 것이 다니엘 아침형 공부법 핵심 중의 하나이기 때문이다. 이처럼 다니엘 아침형 학습법은 질적인 공부에 매우 효과적이다.

다니엘 아침형 학습 3단계의 핵심은 4일간 수학 공부를 30분 간 한다는 점이다. 어떤 공부든지 처음이 무척 중요하다. 아침공부의 첫 단추인 30분간 수학 공부는 그래서 더욱 중요한 의미를 가진다. 그렇다면 4일 동안 어떻게 수학 공부를 하는 것이 가장 효과적일까?

4일간 매일 30분씩 수학 공부하는 방법

다니엘 아침형 학습 3단계 4일 동안은 어려운 수학 문제집보다는 쉬운 문제집을 택해 30분 동안 편안한 마음으로 문제를 풀어 보도록 한다. 이미 배운 진도를 복습삼아 다시 풀어 보는 것도 좋다. 교과서 문제를 다시 풀어 보는 것도 좋다. 만약 수학에 어느 정도 자신이 있는 학생이라면 오늘 배울 수학 교과서 진도를 미리 30분 동안 풀어 보는 것도 좋다.

일단 4일간은 지나치게 어려운 문제를 풀지 않도록 한다. 이때는 다니엘 아침형 학습법을 몸과 마음에 익히는 기간이다. 그러므로 너무 어려운 문제를 풀다 보면 아침 수학 공부에 질릴 수 있기에 이 점에 특별히 유의하여 4일간 수학 문제는 쉬운 문제 중심으로 풀어 보도록 한다. 추천할 만한 문제집은 초중고 각 학교 교과서와 초중고 학생들을 위해 나온 교과서 난이도와 비슷한 문제집이다. 서점에 가서 직원에게 물어 보면 상세히 설명해 줄 것이다. 교과서 수준의 문제집을 부탁하면 서너 권을 보여 줄 것이다. 그중에서 마음에 드는 것을 선택하면 된다.

만약 30분 수학 공부하는 것이 너무나 힘든 친구가 있다면 본인이 하고 싶은 공부를 해도 좋다. 예를 들어 영어를 공부하고 싶다면 10분간 소리 내어 영어 본문 혹은 단어 숙어를 공부한 다음 20분간 영문법이나 독해를 공부해도 좋다. 하지만 가급적 수학 공부를 하도록 노력해 보라. 영어는 공부가 잘되지 않고 피곤할 때 이리저리 움직이면서 소리 내어 읽으며 공부 스트레스를 푸는 과목으로 사용하는 것이 효과적이다.

대학생의 경우 30분간 본인이 하고 싶은 공부를 하면 된다. 가령 영어를 공부한다거나 전공책을 읽는다거나 하는 것 모두 괜찮다. 아직 아침공부가 몸에 익숙하지 않기에 아침공부 습관이 몸에 잘 밸 수 있는 과목을 선택하여 가급적 소리를 내어 공부하는 것이 좋다. 영어 성경을 30분간 소리 내어 읽는 것도 좋을 것이다.

다니엘 아침형 학습 제3단계를 마무리하며

4일간 3단계 과정을 모두 성실하게 완수한 친구들에게 축하를 보낸다. 여러분은 이제 10번의 아침공부를 한 것이다. 30번 중에서 1/3을 성공한 것이다. 정말 여러분이 자랑스럽다. 이제 여러분은 4단계로 넘어가도 된다. 하지만 만약 4일 동안 실패한 날이 있다면 그 날만큼 보충하여 3단계를 마무리하도록 한다.

3단계를 이수한 학생은 이제 본격적으로 다니엘 아침형 공부법에 발을 디딘 것이다. 여러분의 노력을 칭찬하는 의미로 각자에게 작은 선물을 해 주도록 하고 이 책을 보는 학부모님들께서는 3단계를 완성한 자녀에게 작은 선물과 격려를 해 주시길 부탁드린다.

다니엘 아침형 학습 제4단계_중급과정 ②

1 2 3 4 5 6 7 8 9 10	11 12 13 14 15	16 17 18 19 20 21 22 23 24 25 26 27 28 29 30

제4단계(11~15일, 총5일)
15분 마음관리 시간, 5분 스트레칭, 45분 수학 문제집 풀기
생활습관이 본격적으로 바뀌는 단계
등교준비 시간 1시간 5분 전에 일어나기

자정 전에 꼭 잠자리에 들기와 적당한 간식 먹기

4단계부터는 평소보다 65분 일찍 일어나야 한다. 65분 일찍 자야 한다는 것이기도 하다. 11시 55분에 자야 5시 55분에 일어날 수 있다. 이제부터는 자정 전에 자야 한다는 것을 의미한다. 4단계를 제대로 실천하기 위해서는 생활습관을 대대적으로 바꿀 마음의 각오를 해야 한다. 우선 저녁 간식을 최소한으로 줄여야 한다.

야간 자율학습을 마치고 오거나 학원에 갔다가 집에 오면 무척 허기가 진다. 이때 간식의 유혹을 뿌리치는 일은 여간 어렵지 않다. 하지만 밤늦게 너무 과하게 먹으면 그것을 소화하기 위해 우리의 위장은 밤새 쉬지 못한 채 일을 하게 된다. 그렇게 되면 잠을 자더라도 숙면을 취하지 못하고 아침 일찍 일어나기가 어려워진다.

과거의 경험을 떠올려 보라. 늦은 밤에 너무 배가 고파서 라면을 끓여 먹고 과일과 아이스크림 등을 폭식한 다음 날은 어떠했는 가? 이런 날은 대개 늦잠을 자게 된다. 위장이 밤새 정신없이 일해 야 했기에 몸이 피곤하기 때문이다. 늦잠을 잤기에 허둥지둥 아침 식사도 거른 채 학교를 향해 헐레벌떡 뛰어가게 된다. 그리고 오 전 내내 비몽사몽간에 쓰린 속을 붙잡고 졸음과 싸워야 했던 경험 을 많은 친구들이 가지고 있을 것이다.

4단계는 아침 수학 공부 시간이 45분이나 된다. 정규 수업시간 과 맞먹는 시간이다. 이때부터는 정말 수학 실력이 쌓일 수 있는 시간이므로 4단계부터는 정말 각오를 새롭게 해야 한다. 45분간 아침에 수학 공부를 하는 것은 저녁 때 피곤한 상태에서 3시간 이 상 수학 공부한 것보 다 효과적이다. 그러 므로 45분이란 시간 을 결코 가볍게 보아 서는 안 된다.

먹고 자면
내일 아침에
못 일어날텐데

다니엘 아침공부 시간이 주는 놀라운 선물

45분간 아침 수학 공부를 하면 놀라운 사실을 경험하게 될 것이다. 그것은 아침에는 시간이 빨리 가지 않는다는 것이다. 나에게 수업을 받는 학생들이 말하는 아침 수학 공부 시간의 공통점은 그 시간이 매우 길게 느껴진다는 것이다. 문제를 많이 풀었는데도 시계를 보면 시간이 얼마 지나지 않았다는 것을 알고는 놀라게 된다고 한다. 왜 이런 일이 생길까? 도대체 무슨 이유로 저녁공부 시간은 빠르게 지나가 버리는데 아침공부 시간은 더디게 갈까?

그것은 아침공부 시간의 집중도가 저녁 때보다 몇 배나 높기 때문이다. 그렇기에 문제를 읽고 푸는 데 필요한 시간이 현저히 줄어든다. 집중이 잘 되기에 문제를 굉장히 많이 풀었다고 스스로 대견해 하며 시계를 보는데, 시간은 대개 20분 정도 밖에 지나지 않은 경험을 하는 것이다. 이럴 때 드는 생각은 시간을 벌었다는 뿌듯함이다. 이것은 다니엘 아침형 학습법이 학생들에게 주는 특별한 선물이다. 특히 공부에 지치고 시간을 낭비하고 좌절한 친구들에게 다시 시작할 수 있는 역전의 기회를 제공해 준다.

15분 마음관리한 후 5분 스트레칭을 하고 나면 45분 정도는 정말로 최적의 상태로 공부할 수 있는 힘이 생긴다. 하나님이 주시는 평안함과 지혜 속에서 수학 공부에 전념할 수 있는 것이다. 이럴 때 하는 45분 간의 수학 공부는 인생을 변화시키는 시간이다. 자신의 꿈을 현실화시키는 시간이다.

많은 학생들이 원하는 대학, 원하는 학과가 있지만 성적이 따라주지 않아서 원하지 않는 대학, 원하지 않는 학과에 진학한다. 그리고 4년간 대충대충 시간을 보내고 학교를 마친다. 그렇게 4년을 보냈기에 원하는 직장에 들어가는 것 역시 무척 힘들다. 대학을 졸업하고도 취직을 못하는 청년들이 너무나 많다. 안타까운 현실이다. 아침 수학 공부 45분은 그동안 공부를 제때 성실하게 하지 못해서 2~3년 공부가 뒤처진 학생들에게 새로운 희망을 주는 시간이다. 이 시간을 통해 인생의 전환점을 맞게 될 것이다.

아래의 글은 나의 강의를 듣고 있는 고2 윤보승 학생이 다니엘 아침형 학습법대로 공부하면서 느낀 점을 적은 것이다.

　》》》 김동환 선생님께서 항상 강조하시는 것 중 하나는 다니엘 아침형 공부이다. 선생님의 강의를 듣고 나는 다니엘 아침형 공부를 시작하게 되었다. 내가 처음으로 아침공부를 한 때는 초등학교 3학년이었다. 아침공부의 효과를 잘 알고 계시던 엄마는 그때부터 나를 이른 아침에 깨우셨다.

　하지만 동기부여조차 제대로 되어 있지 않은 나에게 아침공부는 짜증과 스트레스로만 다가왔다. 그러다 보니 그 효과를 종종 맛보면서도 대부분 스트레스를 받으며 억지로 아침공부를 했고, 아주 가끔 엄마가 깨워 주지 않을 때는 황홀감까지 느끼며 늦잠을 잤다. 그러던 내가 내 의지로 본격적으로 아침공부를 한 시기는 중3 때였다.

　공부에 대한 관심과 신앙을 회복한 중3 때, 금상첨화로 김동환 선생님의 '다니엘 학습법'을 접하면서 곧바로 나 스스로 아침을 깨우기 시작했다. 그것도 기존의 기상 시간보다 2시간 정도를 앞당기면서 말이다. 그리고 그 후로 약 1년 후 김동환 선생님의 수업을 학원에서 직접 들으며 더욱 탄력을 받아 지금까지 해 오고 있다. 이렇듯 그리 적지 않은 다니엘 아침공부에 대한 경험이 있음에도 아직도 심심찮게 다니엘 아침공부의 위력을 느낄 때면 여전히 놀랍고 신기할 따름이다.

특별히, 김동환 선생님께서 가르치시는 다니엘 아침형 공부에는 한 가지 중요한 특징이 더 있다. 그것은 바로 5분 성경, 5분 기도, 5분 하루 계획, 5분 스트레칭의 다니엘 마음관리 시간이다. 하루의 시작을 하나님께 드리며, 하나님께 지혜를 구하는 시간을 가진 후의 아침공부는 뭐라 표현할 방법조차 없는 최고의 공부라고 생각한다.

숙면을 취하고 나서 맑은 정신으로, 그것도 하나님과의 교제 시간을 가진 후에 하는 공부의 위력을 그 어떤 공부 시간과 비교할 수 있고, 그 어떤 말로 표현을 하겠는가. 정말 궁금하다면 직접 실천해 보고 체험해 보길 강력히 권한다. 백문이 불여일견이요, 백견이 불여일행이라 하지 않던가.

나의 경우 다니엘 아침형 공부를 통해 우선은 잡생각이 현저하게 줄어들었다. 덕분에 온전히 공부에 집중할 수 있었고 불필요한 시간 허비가 크게 줄어들었다. 그리고 맑은 머리로 이해와 암기를 훨씬 쉽게 하게 되었고 선명하고 오래 그 기억이 지속되는 것을 느낄 수 있었다.

어느 때보다도 집중해서, 어느 때보다도 흐트러지지 않고, 어느 때보다도 장시간 공부한 것 같은데 시계를 확인해 보면 놀라운 일이 벌어진다. 어느 때보다도 시간은 적게 갔다는 것이다. 정말 이럴 때는 **말로 표현할 수 없는 기쁨**이 찾아온다. 정말 행복하다. 마치 나에게 시간이 덤으로 더 많이 주어진 느낌이다.

다니엘 아침형 공부는 직접적인 학업 실력 향상뿐만 아니라 간접적인 도움도 얻을 수 있다. 아침공부를 하는 데서 오는 상쾌함과 자신감, 뿌듯함은 희열까지 느끼게 한다. 이런 마음 상태로 공부하기에 공부함에 있어서 시너지 효과를 얻을 수 있다.

공부 방법으로는 가히 최고라 할 만한 다니엘 아침형 공부를 많은 사람들이 귀찮고 힘들다는 이유로 중간에 포기해 버린다. 물론 몸에 배기까지가 쉽지만은 않겠지만 그 효과를 생각할 때, 그보다 더한 것을 지불해서라도 실천할 일이라고 생각한다. 시도는 해 봤으나 힘들어서, 혹은 자신은 정말 올빼미형이라 아침공부는 하고 싶지만 자신에겐 도저히 맞지 않는다고 여겨 포기한 사람들에게 이렇게 말해 주고 싶다. "정말 심하리만큼 맞지 않는 몸을 가졌다면 어쩔 수 없겠지만, 그런 경우는 극히 드물다고 생각한다. 나머지 경우는 다시 한 번 시도해 보라"고.

김동환 선생님께서는 늘 강조하신다. 다니엘 아침형 공부를 하는 것은 힘들지만 참고 노력할 가치가 충분히 있다고. 완벽한 습관으로 자리 잡기까지는 100일이 걸리는데, 그 100번 모두를 실패할지라도 이를 악물고 최선을 다해 도전하라고 말이다. 그 정도 노력조차 해 보지 않고 포기한 경우가 대부분이다. 그러나 포기하기에는 너무 이르다. 다시 도전해서 공부의, 인생의 놀라운 히든카드를 소유해 보라고 나는 권하고 싶다.

나의 성적에는 많은 변화가 있었지만 지금의 나는 아직도 많이 모자라고 부족하다. 하지만 다니엘 아침형 공부를 통한 지금까지의 변화를 직접 경험했기에 앞으로의 변화 또한 믿고 있다. 김동환 선생님의 수업을 들으며, 다니엘 아침형 공부를 직접 배울 수 있는 것이 진심으로 감사하다. 아직 다니엘 아침형 학습 7단계를 완벽하게 마스터한 것은 아니지만, 더욱더 노력해서 나의 목표를 꼭 이루고 싶다. 나는 다니엘 아침형 학습을 통해 반드시 승리할 것이라 확신한다. 다니엘 아침형 공부는 좌절된 꿈을 이루기 위한 '회복과 역전과 목표 달성의 열쇠'라고 생각하기 때문이다.

한 가지 덧붙이자면 앞서 말한 다니엘 마음관리 시간은 그 열쇠를 최적으로 사용하는 데 필수라는 것이다. 나뿐만 아니라 김동환 선생님의 강의를 통해 수많은 사람들이 변화된 것처럼 여러분도 다니엘 아침형 학습법을 통해 여러분이 원하는 목표를 이룰 수 있기를 소망한다. **고2 윤보승**

다니엘 아침형 학습 4단계 수학 공부 방법

하위권 학생의 경우

5일간 45분 동안 수학 문제를 풀 때 과연 어떤 문제집을 어떻게 푸는 것이 좋을까?

우선 수학 실력이 하위권에 드는 학생들의 경우는 복습 위주로 교과서 문제를 푸는 것이 좋다. 교과서 문제를 풀면서 잘 이해되지 않는 부분은 자습서의 도움을 받는다. 자습서의 도움을 받아도 잘 모르는 문제는 별표를 했다가 학교 선생님께 여쭈어 보는 것이 좋다. 내성적인 성격이라 선생님께 직접 여쭈어 보는 것이 부담스러우면 수학을 잘하는 친구들에게 도움을 청하여 반드시 그날 별표한 문제를 그날 해결하도록 한다. 선생님께 여쭈어 볼 때는 솔직하고도 예의바르게 말하도록 한다.

"선생님, 제가 수학을 정말 잘 못합니다. 기초가 너무 부족해서요. 피곤하고 바쁘시겠지만 꼭 도와주세요. 이 부분이 자습서를 봐도 잘 이해가 되지 않습니다."

이렇게 말씀드리면 선생님들께서는 흔쾌히 도와주신다. 용돈이 허락한다면 감사의 표시로 오렌지주스 한 병을 선물로 드리는 것도 좋을 것이다. 중요한 것은 그날 아침 수학 공부 시간에 별표한 문제를 다음 날로 넘기지 말라는 것이다.

중위권 학생의 경우

수학 실력이 중위권에 해당하는 친구들은 복습의 경우 교과서 수준의 문제집과 그보다 약간 어려운 문제 집을 골라서 풀도록 한다. 이미 배운 교과서 문제 중에서 틀린 것과 별표한 것을 다시 풀어보는 것도 좋다. 만약 예습을 하고 싶다면 그날 배울 교과서 내용을 미리 죽 풀어 보도록 한다. 그리고 잘 모르는 부분은 세모를 한 뒤 남겨둔다. 그리고 수업시간에 선생님께서 진도를 나갈 때 집중하여 듣고 그 문제를 해결하도록 한다.

예습이 가지는 장점은 미리 공부한 부분을 학교 수업시간에 다시 듣게 되어 수업시간이 무척 편하고 쉽게 느껴진다는 점이다. 수학 시간이 점점 편안한 시간으로 다가오는 것이다. 그리고 세모 표시한 부분을 선생님께서 강의하실 때 굉장한 집중력으로 그 문제의 설명을 듣는 내 모습에 깜짝 놀라는 경험을 하게 될 것이다. 마치 스타크래프트 빌드 오더에 무척 관심이 많은 내가 임요환 선수나 최연성 선수의 새로운 빌드오더에 나도 모르게 집중이 되는 것과 비슷하다.

상위권 학생의 경우
수학 실력이 상위권에 해당하는 친구들은 자신이 평소에 풀던 문제집 중에서 어려운 문제들을 골라 집중적으로 문제를 풀도록 한다. 자신이 풀다가 잘 이해되지 않고 어려워서 별표를 했던 문제를 다시 풀다 보면 놀라운 사실을 발견하게 될 것이다. 다른 시간대에는 풀리지 않던 그 문제가 놀랍게도 새벽에는 풀리는 것이다. 나에게 강의를 듣는 많은 학생들이 그런 놀라운 경험을 하고 나서 저마다 나에게 자신의 경험담을 이야기해 준다.

>>> 나는 올해 15살인 중2 학생이다. 처음 중앙아카데미에서 김동환 선생님의 강의를 듣고 다니엘 아침공부에 대해 알게 되었을 때에는 자신이 없고 막막하기만 했다. 매일 밤 1시에나 자고 아침 6시 30분에 일어나던 나로서는 다니엘 아침형 공부에 익숙해지기까지 매우 힘들었던 것이 사실이다.

나뿐만 아니라 거의 모든 학생들에게 다니엘 아침형 공부는 막연하고 생소한 것임에 틀림없다. 주변 친구들도 늦게 자고 늦게 일어나는 것에 익숙해져 있다. 다니엘 아침형 공부는 하루아침에 이루어지는 것이 아니라 매일매일 일찍 일어나려는 노력과 매일 밤 일찍 잠자리에 드는 노력이 필요하다. 지금의 나는 밤 10시 30분쯤이면 어김없이 잠자리에 들어 아침 4시 30분쯤 일어난다. 아침에는 수학을 공부하는데, 처음 30분은 마음관리를 하고 그 후 2시간은 오로지 수학을 공부한다.

만일 지금 내가 10시 30분에 잠들지 않고 밤 12시 30분까지 공부한다고 가정하자. 그렇다면 물론 아침에는 일찍 일어날 수 없을 것이고, 대신 밤에 2시간을 공부하게 될 것이다. 하지만 그 2시간은 매우 피곤하고 어떤 날은 졸음이 몰려와 견디지 못하고 책상 앞에만 앉아 있는 꼴로 시간만 보내고 잔다.

하루 종일 학교에서 시달리고 저녁 때 학원 혹은 집에서 하루를 보내고 늦은 시간에 수학 공부를 하게 되면 내가 아는 문제도 집중력 저하와 그날 있었던 일들에 대한 생각, 또는 피곤하고 무거운 몸 때문에 제대로 풀지 못한다. 그러나 아침에 수학 공부를 2시간 하면 몸도 마음도 머리도 상쾌하고 피로하지 않아 내가 전날 풀지 못했던 문제까지도 어렵지 않게 풀 수 있다. 다니엘 아침형 공부의 위력인 것이다. 그리고 그렇게 공부하고 학교에 가면 잠이 덜 깨 아직 잠에 취해 있는 친구들과 달리 상쾌하게 학교 수업을 들을 수 있다.

앞서 내가 아침에 일어나 처음 30분 동안은 마음관리를 한다고 언급했듯이 마음관리도 아침공부 못지않게 중요하다. 그 시간에 나는 김동환 선생님의 《다니엘 마음관리 365일》을 읽고 요약하고 기독교인이므로 매일 기도하고 성경을 읽고 요약하는 것으로 하루를 시작한다. 또한 내가 오늘 하루를 어떻게 보낼 것인가 하는 구체적인 계획과 전체적인 흐름을 미리 계획해 둔다. 이렇게 계획을 세우고 하루를 시작하면 허송세월하는 시간을 더 아껴 쓸 수 있기 때문이다.

매일 아침 마음관리를 하는 것과 하지 않는 것은 큰 차이가 있다. 마음관리를 하지 않고 공부를 할 때는 마음이 산만하고 정리되어 있지 않아 공부를 해도 정신이 다른 데 가 있을 때가 많고 집중이 잘 되지 않았다. 그래서 나는 마음관리의 중요성을 절감하게 되었다. 공부하는 것의 기초는 항상 마음관리가 되어 있는 상태인 것도 알게 되었다. 그래서 난 마음관리 시간을 통해 그 어떤 상황에서도 흔들리지 않고 스스로 마음을 컨트롤할 수 있게 되어 작은 일이나 큰일에 쉽게 요동치지 않고 담담히 공부를 할 수 있게 되었다.

내 이야기를 좀더 늘어 놓자면 나의 중학교 1학년과 2학년 1학기 중간고사 수학 성적은 90점 초반에 머물러 있었다. 어려운 문제도 있었겠지만 대부분은 실수로 틀린 문제들이었다. 하지만 다니엘 아침공부를 제대로 시작하고 보니 실수로 틀리는 경우가 눈에 띄게 확 줄었다. 그 결과 2학기 기말고사는 90점대 후반 정도가 되었고, 무엇보다 문제에 대한 자신감이 생겼다.

'어디서 본 것 같은데… 기억이 나려고 하는데….' 하며 실수도 많이 하고 자신감도 떨어졌던 때와는 확연한 차이다. 모두 다니엘 아침공부를 한 덕분이다. 그리고 작은 것에 마음 쓰고, 매일 하루를 피곤하게 시작해서 피곤하게 끝맺던 때와는 다르게 상쾌한 상태에서 하루 공부를 하니, 잘될 수밖에 없다. 이렇듯 나에게 다니엘 아침공부는 나의 성적과 인생에 커다란 도움을 주었고, 지금도 주고 있으며, 앞으로도 계속 줄 것이다.

끝으로 매일매일을 부지런히 보낸다는 자부심을 가지는 것과 쉽게 어영부영 시간을 흘려보내지 않는다는 것은 결코 작은 차이가 아니라고 생각한다. 많은 사람들이 "저는 밤 10시 30분에 자서 새벽 4시 30분에 일어나요."라고 하면 화들짝 놀라며 그게 가능하냐고 되묻는다. 하지만 하루아침에 이루려 하지 않고 차근차근 마음먹고 김동환 선생님의 방법대로 노력하면 그 어떤 사람이든지, 누구든지, 뭘 하든지, 모두 다니엘 아침형 공부에 성공할 것이라고 생각한다. **중2 김성영**

왜 이런 일이 가능할까? 바로 다니엘 아침형 학습법의 저력 때문이다. 우리 인간은 몸과 마음이 어떠한 상태에서 공부하느냐에 따라 그 결과는 하늘과 땅 차이다. 아무리 많은 시간을 책상에 앉아 있어도 그 마음 상태가 여러 생각들로 꽉 차 있거나 불안과 초조로 괴로운 상태에 있다면 책장은 넘어가지만 눈에 들어오지 않는다. 또한 아무리 집중을 하려고 해도 인간의 육체는 한계가 있기 때문에 몸이 너무 피곤하고 지치면 집중력이 현격하게 줄어든다. 다니엘 아침형 학습법은 숙면을 취한 후 몸의 피로도가 최저인 상태에서 다니엘 마음관리 시간을 통해 마음의 평안함을 회복하고 하는 공부이기에 최고의 집중력과 맑은 정신으로 공부를 할 수 있다. 이런 상태이기에 전에 잘 이해가 되지 않고 잘 몰라서 포기한 문제들도 그 실마리를 찾게 될 가능성이 높은 것이다.

나무 망치 만 개 VS 다이아몬드 벽

수학의 고난이도 문제들은 집중도가 최상의 수준이 아닐 때에는 풀리지 않는 경우가 종종 있다. 2008년 서술형 본고사가 부활될 경우 수학 문제의 수준은 더욱 올라갈 것이다. 그런 문제들은 대충 딴생각하면서 책상에 오래 앉아 있는다고 해서 풀리지 않는다.

마치 다이아몬드 벽을 깨뜨리기 위해 나무망치 만 개를 준비하는 것과 같다. 나무망치 만 개가 적은 수가 아니지만 만 개를 가지고 한 개씩 사용해 가며 다이아몬드 벽을 쳐 봤자 결국 만 개 모두 부러질 뿐이다. 만 개를 동시에 들고 친다고 해도 결국 부서지는 것은 나무망치일 뿐이다. 다이아몬드 벽을 깨뜨릴 수 있는 것은 다이아몬드 망치뿐이다. 다이아몬드보다 강도가 낮은 나무망치가 아무리 많아도 다이아몬드 벽에 홈집 내기조차 힘들 것이다.

이처럼 수학의 고난이도 문제는 질적인 승부에 달려 있다. 수학의 상위권 학생들이 최상위권으로 도약하는 데 있어 다니엘 아침형 학습법은 그 최고의 방법과 기회를 제공할 것이다.

2008년 서술형 본고사가 부활하면 수학 한 문제의 배점은 지금 수능보다 훨씬 더 높아진다. 10점 문제 혹은 15점 문제도 나올 수 있다. 10문제 미만의 문제를 1시간 30분에서 2시간 정도 걸려 풀게 된다. 문제 하나로 대학의 당락이 결정될 수 있다. 그렇기에 한 문제 한 문제가 모두 가볍게 풀 만한 수준으로 나오지 않는다. 여러분이 기존에 보지 못했던 문제들이 나올 수도 있다. 그렇기에 기초가 튼튼하면서도 새로운 문제 유형에 창조적으로 대응할 수 있는 유연성과 창의적 사고력이 필요하다.

이런 능력들은 단기간에 고액 과외나 비싼 학원을 통해 만들어지지 않는다. 이런 능력들은 대충 집중하고 어영부영 문제 푸는 시간에 형성되지 않는다. 아침 마음관리 시간과 스트레칭을 통하여 몸과 마음이 평안하고 생명력이 충만한 상태로 지금 내가 하는 수학 공부에 혼신의 힘을 다하는 시간, 바로 다니엘 아침 수학 공부 시간에 이런 능력들은 형성된다.

상위권 수학 실력을 가진 학생들은 이제 다니엘 아침 수학 공부 시간을 통해 최상위권으로 새롭게 도약할 수 있을 것이다. 중위권, 하위권에 있는 학생들 역시 이 시간을 통해 새로운 실력의 단계로 나아갈 수 있음을 확신한다.

만약 45분간 수학 공부하는 것이 너무 힘든 친구들이 있다면 15분 동안 영어를 소리 내어 공부한 후 30분 동안 수학 공부를 하라고 권하고 싶다. 30분간 수학 공부하는 것은 3단계 수학 공부 방법을 참고하면 된다. 아무리 아침에 수학 공부하는 것이 힘들어도 이렇게 하면서 조금씩 수학 공부에 적응하는 훈련이 필요하다.

초등학생의 경우 중고등학생들과 마찬가지로 이 방식대로 공부해 나가면 된다. 대학생의 경우는 45분 간 본인이 원하는 공부를 자유롭게 하도록 한다. 공부하다가 졸리거나 피곤하면 소리 내어 영어 공부를 하거나 잠을 깨울 수 있을 만한 전공 공부를 선택해 하도록 하면 된다. 대학생들은 아무래도 입시에 대한 부담이 적기에 긴장감이 떨어질 수 있다. 하지만 여러분은 앞으로 사회에 나가기 위한 실력을 준비하는 과정에 있기에 더욱더 힘을 내어 아침 시간을 비옥하게 가꿀 필요가 있다.

정말 열심히 공부해야 하는 시기는 바로 대학 때다. 자신이 원하는 분야를 제대로 공부하기 위해 여러분은 힘들게 중고등학교 과정을 거쳤다. 이제 본격적으로 자신이 선택한 분야를 공부할 기회가 주어진 것이다. 대학 4년간의 폭넓은 독서와 깊이 있는 전공 공부, 어학 공부는 대학생들에게 필수적인 성공 요건이다. 아침시간은 창의적 사고와 아이디어들이 쏟아지는 시간이다. 이때 공부를 하다 보면 대학생들은 리포트 쓰는 것과 숙제하는 데에 있어서 남들보다 창의적인 생각과 아이디어를 가지고 짧은 시간에 큰 성과를 낼 수 있을 것이다. 따라서 대학생들 역시 더욱더 힘을 내서 45분간 공부에 집중하기를 바란다.

제4단계를 마무리하며

　다니엘 아침형 학습 4단계 과정을 5일간 완벽히 지키고 소화한 친구들에게 정말 수고했다고 말하고 싶다. 쉽지 않은 과정을 마스터한 것이다. 5일간 훈련 과정을 성실하게 마친 친구들은 과거의 나와 지금의 내가 많이 달라졌음을 느낄 것이다. 그만큼 다니엘 아침공부는 학생들로 하여금 자신감을 가지게 만든다.

　4단계는 5일 과정이기에 하루도 빠짐없이 모두 지키지 못할 수 있다. 만약 이틀 실패했다면 실패한 이틀만큼 더 하도록 한다. 5일을 다 채운 다음 5단계로 넘어가도록 한다. 4단계를 다 마친 학생들은 통과 기념으로 자신에게 선물을 하나 해 주도록 하자. 부모님들께서는 4단계 통과 기념으로 자녀들이 좋아하는 음식을 만들어 주시거나 사주시는 것도 좋을 것이다. 학생들은 통과 기념으로 자신이 평소 보고 싶었던 영화 한 편을 보는 것도 좋다. 자신이 성실하게 무언가를 마친 후에 보는 영화 한 편, 비디오 한 편, 만화책 한 권은 정말 재밌다. 그냥 볼 때와는 다르다. 음식 역시 마찬가지다. 열심히 노력한 다음 먹는 음식은 엄청나게 맛있다. 이런 좋은 경험들을 청소년 시절부터 많이 체험해야 한다. 이를 통해 긍정적 사고와 자신감을 키워갈 수 있기 때문이다.

5.
다니엘 아침형 학습 제5단계_중급과정 ③

1	2	3	4	5	6	7	8	9	10	11	12	13	14	15	16	17	18	19	20	21	22	23	24	25	26	27	28	29	30

제5단계(16~20일, 총5일)

15분 마음관리, 5분 스트레칭, 60분 수학 문제집 풀기

본격적인 5시 클럽 가입 단계
등교준비 시간 1시간 20분 전에 일어나기

5단계는 중급과정 마지막이다. 우리는 지금까지 15번 동안 다니엘 아침형 공부 스타일에 적응해 왔다. 15번 아침에 일찍 일어나 마음관리 시간을 가졌고 스트레칭을 했다. 그리고 단계별로 중요한 공부를 했다. 5단계에 올라온 학생들은 15번이나 다니엘 아침형 학습법에 성공한 것이다. 자부심을 가져도 좋은 멋진 아침 사람들이라 할 수 있다.

이제부터 여러분은 60분을 아침공부에 할애하게 될 것이다. 그러기 위해서는 우선 5시 40분에 일어나야 한다. 그러려면 11시 40분에는 자야 한다. 이제 기상 시간이 5시 대로 확고하게 자리 잡았다. 본격적인 5시 클럽에 가입하게 된 것이다. 5시 클럽에 가입한다는 것은 아주 특별한 의미를 가진다. 성공하는 21세기 리더들 대부분은 5시 클럽에 가입한 사람들이기 때문이다. 거의 대부분의 친구들이 잠자고 있는 그 시간 나는 깨

어나 있는 것이다. 지금부터는 성취감이 두 배로 늘어나게 될 것이다. 6시 대에 일어나는 것과 5시 대에 일어나는 것은 차원이 다르다는 것을 실감하게 될 것이다.

효과적으로 다니엘 아침형 학습 5단계 공략하기

5단계를 효과적으로 공략하기 위해서는 먼저 라이프 빌드 오더 life build order를 잘 짜야 한다. 워낙 스타크래프트를 좋아하는지라 이렇게 이름을 붙여 보았다.

아침에 일어나기 위해서 우선 유의해야 할 점은 누누이 강조한 것처럼 다니엘 아침공부는 아침에 시작하는 것이 아니라 저녁부터 시작한다는 것이다. 저녁에 일찍 자지 않고 아침에 일찍 일어나는 것은 좋은 방법이 아니다. 숙면을 취하지 않고 아침공부를 무리하게 하는 것은 최고 집중을 위한 컨디션이 나오지 않기에 다니엘 아침형 공부 스타일이 아니다.

따라서 제일 먼저 해야 할 것은 저녁 11시 40분에 잠자리에 드는 것이다. 이 싸움이 첫 번째 승부처이다. 매일 밤늦게 12시 넘어 자던 학생들이 11시 40분에 자기란 쉽지 않다. 내일의 아침공부를 위해 과감하게 인터넷과 오락과 텔레비전을 포기해야 한다. 지금 상태에서 포기가 어렵다면 적어도 줄여야 한다.

11시 40분에 자기 위해서는 최소한 11시 25분부터는 슬슬 잘 준비를 해야 한다. 우선 씻고 양치질 하는 데 5분, 내일 책가방 싸

고 잠옷 갈아입고 잠자리에 드는 데 5분, 꿈나라로 가기 전 하나님
과 대화하는 시간 5분이 필요하다. 하나님과 나누는 주된 대화는
하루를 1시간 단위로 나누어 반성하고 하나님께 내일 아침에도 꼭
깨워 달라는 기도이다. 그리고 아침에 일어날 수 있다고 10번 다
짐하며 잠을 청한다. 이 과정을 하고 자는 것과 그냥 자는 것은 하
늘과 땅 차이다. 이처럼 다니엘 아침형 공부는 이미 저녁 때부터
시작되는 것이다.

아침 5시 40분에 일어나면 평소처럼 15분 마음관리 시간을 갖
고 5분 스트레칭을 한다. 그리고 60분간 어떻게 공부할 것인지 신
중하게 계획을 짠다. 우선 60분 내내 수학을 공부할 수 있는 학생
과 그렇지 못한 학생이 있을 것이다.

60분 내내 수학을 공부할 수 있는 경우

하위권 학생의 경우

60분 내내 수학 공부를 해도 지겹지 않은 학생이라면 다음 방법
대로 공부해 보도록 한다. 하위권 학생의 경우라도 수학 성적이
확실히 오를 것이다. 다니엘 아침 수학 공부 시간은 이처럼 자신
의 약점을 강점으로 변화시킬 수 있는 축복의 기회이다. 따라서
아침공부하기가 싫을 때마다 '이것을 하면 수학을 잘하게 된다.'
는 마인드 트레이닝으로 아침 수학 공부 시간에 집중할 수 있도록
한다.

우선 교과서 중심으로 30분 정도 복습하고 30분 정도 오늘 배울 수학 문제를 풀어 보도록 한다. 복습할 때는 이미 아는 문제는 풀지 않아도 좋다. 대신 수업시간 동안 잘 이해되지 않았던 부분들만 집중적으로 공략한다. 30분 예습은 오늘 배울 수학 교과서 문제들을 미리 풀어 보는 것으로 한다. 공부하다가 수학이 너무 지겨워지면 3분 정도 잠시 스트레칭을 한다. 그러고 나서 바로 수학 문제로 다시 집중하도록 한다.

중위권 학생의 경우

중위권 학생의 경우 5일 동안 매일 아침 1시간을 통해 할 수 있는 수학 공부량은 엄청나다. 아침 수학 공부 1시간은 저녁 수학 공부 시간의 다섯 배 정도의 위력을 가지고 있다. 따라서 아침 1시간 수학 공부를 5일 동안 다섯 번 할 수 있다는 것은 중간고사, 기말고사 정도 범위의 수학 문제집 한 권을 다 풀 수 있는 시간이다.

따라서 중위권 학생은 25분 정도 자신이 어려워서 포기했던 문제를 집중적으로 공략하도록 한다. 그리고 35분은 교과서보다 약간 더 어려운 내용의 문제집을 미리 예습 삼아 풀어보도록 한다.

이때 푼 문제 중에서 답안을 봐도 이해가 잘 되지 않는 부분은 별표하여 반드시 그날 선생님 또는 수학을 잘하는 학생에게 물어보아 확실히 자신의 것으로 한다. 그러고 나서 다음날 아침 수학 공부 시간에 그 문제를 다시 한 번 첫 25분간 공부할 때 풀어 보도록 한다. 그러면 확실히 머릿속에 저장될 것이다. 이런 방식으로 5일간 수학 공부를 해 보면 놀랄 정도로 자신의 수학 성적이 향상되는 것을 느끼게 될 것이다.

상위권 학생의 경우

상위권 학생의 경우 35분 정도 별표한 어려운 문제들 위주로 집중하여 진검 승부를 펼친다. 그 후 25분 정도 편안한 마음으로 교과서보다 약간 어려운 문제들을 예습 위주로 풀어 보도록 한다.

이때 유의할 점 한 가지, 아침에 진검 승부를 펼친 문제들 중에서 쉽게 승부가 나지 않았던 문제들은 반드시 그날 수학 선생님께 겸손히 여쭈어 보아 해결하도록 한다. 용기를 내어 내가 모르는 것을 모른다고 솔직히 인정하고 그 문제를 확실히 여쭈어 보고 확실히 이해하여 나의 지식으로 만드는 것은 대단히 중요하다. 아래의 글은 성리학의 대가인 정자程子 선생님의 말씀이다. 내가 개인적으로 마음 깊이 담아두고 있는 이야기다.

"모르는 것을 부끄러워하여 묻지 않는다면 끝내 모를 것이요, 모른다고 생각하여 반드시 알려고 한다면 마침내 알게 될 것이다."

공부의 시작은 바로 내가 모르는 것을 인정하는 것이고 그것을 정직하게 받아들이는 것이다. 많은 학생들이 모르면서도 마치 이해한 듯한 표정을 짓곤 한다. 물론 자신의 실력 부족을 드러내는 것은 두렵고 싫은 일이다. 하지만 그것을 숨기기만 하고 넘어간다면 결국 문제를 모르게 되고 시험에 나오면 틀리게 된다. 그런 경험들이 많이 있을 것이다. 나 역시 그랬다.

그러나 문제는 모르는 것에 있는 것이 아니라 모르는 것이 있는데도 그냥 넘어가는 태도에 있다. 따라서 자신이 잘 모르는 것은 선생님께 겸손한 태도를 가지고 존경하는 마음으로 물어보는 것이 제자된 도리다. 이런 과정을 통해 스승과 제자의 정이 쌓인다.

요즘 많은 청소년들이 학교 선생님을 너무 과소평가하는 경향이 있다. '우리 학원 선생님이 더 잘 가르쳐. 내 과외 선생님이 월등히 실력이 좋아.' 라고 섣부르게 판단하고 선생님에 대한 기본적인 존경심마저 버리는 친구들이 있다. 사실 이것은 본인에게도 대단히 불행한 일이다. 선생님들은 적어도 우리를 가르칠 충분한 실력이 인정되어 교사로 계신 것이다. 비록 자신이 보기에 부족해 보여도 자신보다 그 과목을 더 많이 배우시고 연구하셨으며, 깊은 실력을 겸비하고 계신 것이다.

스승에게 무언가를 묻는 것은 제자의 특권이자 의무이다. 제자가 물어본 것을 가르쳐 주는 것은 스승의 의무이자 특권이다. 이 특별한 과정을 통해 사제지간의 정은 깊어간다. 선생님들은 치맛바람이 센 어머니를 둔 학생보다는 자신이 가르치는 과목에 최선을 다하려는 학생을 더 사랑한다. 나 역시 학생들을 가르쳐 보면 수업시간에 최선을 다해 집중하고 열심히 하려는 학생들이 정말 사랑스럽다.

선생님들은 많은 강의를 하시고 피곤하시더라도 그런 학생들이 겸손하게 자신이 모르는 것을 인정하고 선생님의 도움을 구할 때 결코 외면하지 않으신다. 피곤함을 무릅쓰고 하나라도 더 가르쳐 주시려고 애쓰신다. 그것이 바로 스승인 것이다. 이런 선생님들이 우리 옆에 계시다. 그러니 이제부터 용기를 내어 모르는 것은 모른다고 겸손하게 받아들이고 스승의 도움을 구하도록 해 보자.

60분 내내 수학 공부하기가 힘든 경우

하위권 학생의 경우

60분 내내 수학 공부하기가 버거운 친구들도 많다. 그런 친구들은 다음의 방법을 택해 적용해 보도록 하자. 우선 하위권 학생들은 수학을 장시간 오래 풀어 본 적이 별로 없다. 좀 풀다가 문제가 막히면 그냥 접는다. 왜냐하면 생각을 해도 별로 뾰족한 답이 나오지 않기 때문이다. 수학이란 과목 특성이 한 단계 한 단계를 밟고 올라가는 과목이기에 기초가 부족한 학생의 경우 문제 풀기가 무척 난감하다.

영어의 경우는 언어이기 때문에 꾸준히 반복해서 말하고 듣고 외우면 별도의 기초가 없어도 가능하다. 하지만 수학의 경우는 일차함수를 이해해야 이차함수를 이해할 수 있다. 일차방정식을 풀어야 고차방정식도 풀 수 있다. 그런데 지금 이차함수 진도를 나가는데 일차함수조차 잘 이해하지 못하는 실정이라면 아침 수학 공부 시간에 이차함수 문제를 푸는 것이 매우 힘들 것이다. 더욱이 아침공부에 완전히 적응된 상태가 아니기에 졸음이 와서 그냥 자 버릴 수도 있다. 따라서 60분이라는 긴 시간 동안 수학을 어떻게 풀고 어떤 식으로 공부할지 방법을 아는 것은 매우 중요하다.

우선 하위권 학생의 경우는 30분 정도 수학 교과서 복습 위주로 공부한다. 이미 한 번 배운 것이지만 수학 기초가 약하기에 복습 역시 쉽지 않을 것이다. 하지만 인내심을 가지고 수학 교과서를 다시 풀어 본다. 그런 다음 30분은 첫 번째 30분 동안 수학 교과서를 복습하면서 잘 이해되지 않고 어려운 교과서 문제와 집중적으로 찐한(^^) 교제를 나눈다. 우선 내가 왜 이 문제를 잘 이해하지 못하는지 분석한다. 나는 나에게 수학을 배우는 학생들에게 이런 문제들을 위한 특별한 노트를 마련하라고 말한다. 우선 마음에 드는 노트 한 권을 골라서 제목을 붙인다. 나의 꿈을 위한 히든카드이기에 이름도 '꿈의 노트' 다.

노트 한 장을 넘겨 맨 위에 날짜를 적고 잘 이해되지 않는 문제를 그 밑에 쓴다. 그리고 답안지에 있는 풀이과정을 잘 적는다. 그러고 나서 빨간색 펜으로 답안지에 나온 풀이과정 중에서 어느 부분이 잘 이해되지 않는지 밑줄을 치고, 왜 그 부분이 이해가 잘 되지 않는지를 풀이과정 밑에 기록한다. 만약 기초가 부족하여 잘 이해가 되지 않는다면 30분 동안 집중적으로 기초를 다시 만들면 된다. 가령 그 부분을 잘 이해하기 위해서 한 학년 혹은 두 학년 전의 내용을 다시 살펴보아야 한다면 그렇게 한다.

"아니 선생님, 그래도 내가 고1인데 어떻게 중학교 내용을 다시 살펴봅니까? 창피하게. 그리고 그걸 언제 다 봐요. 지금 나가는 수학 진도도 따라가기 바쁜데. 뭐 다른 방법은 없나요? 꼭 그렇게 다시 기초를 확인해야 하나요?"

아이들에게 강의하다 보면 이런저런 친구들을 많이 만날 수 있다. 종교와 상관없이 많은 친구들을 만난다. 참 감사한 것은 학원은 내가 교회를 다니지 않는 친구들에게 복음을 전하기 아주 좋은 장소이다. 그래서 나는 학원 강의를 무척 좋아하게 되었다. 강의를 하다 보면 앞에 인용한 것과 유사한 질문을 하는 친구들이 종종 있다. 그 가운데 민우라는 학생이 있었다. 고1이다. 그런데 그 학생의 수학 실력은 중2 정도였다. 그래서 10-가 수업을 듣는데 무척 힘들어 했다. 그래서 나는 민우를 불렀다.

"민우야, 너 정말 네가 원하는 대학에 가고 싶니?"

"네…."

"그런데 민우야, 안타깝게도 네가 원하는 대학에 가려면 수학 성적이 좀더 뒷받침되어야 하는데…. 알고 있지?"

"네…."

"민우야, 너 학교 수학 시간에 어느 정도 이해가 되니?"

"50퍼센트 미만요."

"수학 수업시간이 무척 힘들고 답답하겠다."

"네…."

"그러면 민우야, 정말 네가 원하는 대학에 가고 싶으면 선생님이 확실한 방법 하나 가르쳐 줄까?"

눈이 휘둥그레져서 민우는 나를 쳐다보았다. 무언가 신비한 방법이 있는 것을 기대하는 눈빛으로 나를 바라보았다.

"민우야, 그러기 위해선 먼저 네가 그동안 수학 공부를 게을리했음을 솔직하게 인정하렴. 그리고 너 자신의 현재 실력 역시 있는 그대로 받아들이렴. 그런 다음 나이와 학년에 상관없이 너의 수학 실력에 맞는 공부를 다시 시작해 보는 거야. 어때?"

"그렇게 하면 정말 수학 실력이 오를 수 있나요? 정말 저같이 하위권 수학 성적도 오를 수 있나요?"

"물론이지."

"그럼 시키는 대로 한번 해 볼게요. 가르쳐 주세요."

민우에게 나는 30분 동안은 현재 학교 교과서 위주로 복습을 하라고 말했다. 그리고 나머지 30분은 꿈의 노트를 만들어 모르는 문제와 정면 승부를 하라고 하였다. 물론 모르는 것을 알기 위해서 중학교 자습서와 문제집을 다시 뒤적이고 풀어야 했다. 어떻게 보면 좀 창피할 수도 있지만 사실 창피한 일이 아니다. 왜냐하면 모르는 것이 있는데 그냥 내버려 두고 지나가는 것이 창피한 일이지 모르는 것을 알기 위해 정직하게 자신의 부족함을 인정하고 노력하는 것은 창피한 일이 아니기 때문이다.

대개 이렇게 한 달 정도 공부하고 나면 학생들의 표정이 달라진다. 자신감이 생겼기 때문이다. '나처럼 하위권도 수학을 할 수 있구나.' 하는 생각을 하게 된다. 할 수 있다는 생각을 가지기 시작하면 못할 것이 없게 된다. 일단 나도 하면 할 수 있다는 경험이 중요하다. 하위권에 있는 학생들은 이와 같은 방법을 꼭 실천해 보기 바란다.

이런 방법으로 60분을 공부하도록 최대한 노력해 보라. 노력하되 60분 내내 수학 공부하는 것이 너무나 힘들면 그땐 잠시 쉬도록 한다. 3분 스트레칭을 통해 마음을 가다듬고 5분간 소리 내어

영어 본문 혹은 단어 숙어를 읽어 내린다. 몸을 움직이며 읽어도 좋다. 정적인 수학 공부에 싫증난 몸과 마음을 동적인 영어 공부로 이완시켜 준다. 이렇게 8분의 시간을 사용한 다음 다시 수학 공부에 집중하도록 한다.

나의 강의를 듣는 예비 수험생 주연이가 다니엘 아침공부를 하면서 느낀 점을 적어 주었다. 본격적으로 아침공부를 시작한 지는 오래되지 않았다. 이제 막 아침공부를 시작한 주연이의 경험이 새롭게 다니엘 아침공부를 시작하려는 학생들에게 도움이 될 것이다.

>>> 아침공부는 나에겐 어울리지 않는 친구라고 생각했다. 특히 잠이 많은 나에겐 전혀 어울리지 않는다고 생각했다. 그런데

한번 친해지고 싶다는 생각을 하게 된 건 김동환 선생님의 강의를 들으면서부터이다.

나는 공부를 특별히 잘하는 편도 아니다. 주의도 산만하고 오랫동안 집중도 못 한다. 지금까지의 성적으로 봐선 내가 펼칠 수 있는 무대가 좁아지고 있다. 그러던 중 선생님께서 알려주신 다니엘 아침형 공부에 귀가 솔깃해졌다. 지금까지 내가 했던 공부 방법이 성적을 올려주지 못했다면 새로운 방법을 빨리 찾아서 적응해야 했다. 지금 내가 갖고 있는 시간은 그리 많지 않기 때문이다.

처음에 할 때는 아침잠으로 인해서 무척이나 힘겨웠다. 잠이라는 내 오랜 친구에게서 빨리 도망쳐야 했다. 의지박약인지 몰라도 아침에 일어나서 아침공부를 생활화하는 데 빠르게 적응하지 못했다. 내가 공부가 가장 잘된다고 생각하는 시간은 12시에서 2시였다. 항상 그 시간에 공부해 왔던 나였기에 그랬을 수도 있다. 잘못된 생각이었나 하는 생각과 다소 혼란스러운 마음으로 김동환 선생님께서 강의해 주신 대로 다시 다니엘 아침형 공부 방법에 전념해 보기로 했다.

아침공부 시간에는 수학을 공부하는 많은 아이들을 보며 나도 수학을 공부해 보기로 했다. 수학은 따로 특별히 시간을 많이 내서 하지 못했기 때문에 아침에 수학을 공부하는 게 시간을 잘 활용하는 방법일 수 있다는 생각을 했다. 솔직히 아직까지 아침에 수학을 왜 공부하는지, 아침에 하는 게 뭐가 좋은지 딱 부러지게 말을 할 수는 없다. 다니엘 아침공부를 시작한 지 오래되지 않아서인지, 내가 많이 부족해서인지, 아니면 알고 있으면서도 내 스스로가 깨달음을 얻지 못해서 그런지는 정확히 모르겠다.

하지만 분명한 건 전보다 수학에 대한 자신감이나 재미가 많이 붙었다는 점이다. 수학을 보는 관점도 바뀌었다. 시험 기간에만 잠깐 하는 게 아니라 평소에도 계속 하는 것이 되었기 때문에 수박 겉핥기처럼 공부하던 내가 수박의 참맛을 알게 되었다고나 할까?

겉으로 내보이는 자신감이 아닌 안에서부터 우러나오는 자신감에 나는 기쁨을 느꼈다. 다니엘 아침형 공부는 내게는 없던 수학이나 다른 모든 과목들에 대한 자신감을 불어넣어 주었고, 다니엘 마음관리를 통해서 내가 약한 부분인 계획을 세우는 일이나 시간 관리에 대해 전보다 훨씬 좋은 성과를 얻을 수 있게 해 주었다.

다니엘 아침공부를 시작함에 있어 늦은 감이 없지 않으나, 예비 수험생인 나에게 이 아침공부는 늦게나마 발견한 보물과도 같은 존재이다. 공부에 대한 자신감도 한층 높아졌고, 좌절하던 나의 모습과 결별했다는 게 정말 좋다. **고2 고주연**

중위권 학생 및 상위권 학생의 경우

중위권 학생과 상위권 학생의 경우는 5단계 아침 수학 공부 방법을 따르되, 60분 내내 수학 공부하기가 너무 싫증이 나거나 지치면 3분 스트레칭과 5분 소리 내어 미친 듯이 영어 읽기 시간을 가진 다음 다시 재집중하여 남은 수학 공부 시간을 채우길 바란다.

대학생의 경우 60분간 자신이 하고 싶은 공부를 할 수 있고 리포트를 쓸 수도 있다. 1교시 수업이 있는 날은 일찍 학교에 가서 여유 있게 아침공부를 할 수 있다. 대부분의 대학생들은 늦게 자고 늦게 일어나는 경우가 많다. 저녁에 동아리 모임이다 미팅이다 해서 여러 일들이 많다. 그래서 대개 늦게 귀가하여 오락을 하거나 텔레비전을 보며 쉬는 경우가 많다. 대학생들이 아침 5시 40분에 일어난다는 것은 쉽지 않은 일이다. 하지만 만약 다니엘 아침공부를 제대로 할 수만 있다면 자신의 전공 분야에서 탁월한 실력자로 거듭날 수 있다.

이를 위해 대학생들 역시 11시 40분에 취침해야 한다. 그리고 고등학교 때에는 6시간을 자다가도 대학에 와서는 수면시간이 불규칙적으로 변하다가 길어지는 경우가 많은데, 무너진 생활질서를 다니엘 아침형 공부 스타일로 새롭게 재편해야 한다. 그러기 위해서는 대학생들도 일찍 자고 일찍 일어나는 훈련을 해야 한다. 11시 40분에 자기 위해서 대학생들도 약속을 적절하게 조정하고 지나친 음주는 피하도록 한다. 그리고 적어도 10시 30분에서 11시 사이에는 집에 와서 잠자리에 들 수 있는 준비를 미리 하도록 한다. 만약 대학생들이 매일 아침 1시간씩 영어 공부에 집중할 수 있다면 원하는 토플, 토익 점수를 얻게 될 것이다.

요즘은 외국어 실력이 학점보다 더 중요해지는 시대다. 따라서 학점 관리는 물론 아침공부 시간을 활용하여 자신의 외국어 실력을 업그레이드할 필요가 있다. 다니엘 아침형 학습법은 대학생들의 학점과 외국어 실력 모두를 고득점으로 이끌어줄 수 있는 엄청난 힘이 있음을 꼭 기억하고 힘을 내어 도전하기 바란다. 나 역시 이 방법으로 공부하여 좋은 결과가 있었기에 더욱 강조하여 말한다.

제5단계를 마무리하며

5일 동안 5단계 공부를 성실하게 마친 학생들에게 축하의 말을 전한다. 만약 중간중간 실패한 날이 있는 학생들은 실패한 만큼 다시 공부하도록 한다. 그래서 실패한 날을 다 보충하여 채우면 고급과정인 6단계로 넘어가도록 한다. **"**힘들더라도 5단계에서 주저 앉지 말고 힘을 내기를 부탁드립니다.**"** 이제 다니엘 아침형 학생으로 거듭날 날도 얼마 남지 않았다. 조금만 더 힘을 내서 다시 도전하기를 부탁한다.

"특히 함께 아침에 일어나서 자녀를 깨워 주시고 자녀들과 함께 마음관리와 스트레칭을 하시는 부모님들께서는 중간중간 실패한 학생들에게도 힘을 북돋워 주십시오. 힘들게 깨워 줬는데 자고 있는 자녀를 바라볼 때는 화가 나고 속상하게 마련입니다. 그렇더라도 직설적인 충고나 꾸중은 가급적 삼가 주십시오.

순간적으로 속상해서 화를 내시면 아이들은 더 위축되어 반발심으로 도중에 포기할 수도 있습니다. 본인들도 열심히 하고 싶은데 몸이 따라주지 않아서 나온 현상이기에 사실은 본인이 가장 속상하고 자신에게 가장 화가 납니다. 그러니 학부모님들께서는 속상하신 마음을 한번 꾹 참고 자녀에게 좀더 힘내서 새롭게 시작해

보라고 따뜻한 격려와 기도를 해 주시길 부탁드립니다." 🎧

>>> 뉴욕에 사는 한 여선생님은 자신이 있는 고교 졸업반 학생들에게 한 사람 한 사람이 한 소중한 일을 말해 줌으로써 그들을 칭찬하기로 마음먹었습니다.

캘리포니아 주 델마 출신인 헬리스 브리지스가 개발해 낸 어떤 과정을 이용해서, 선생님은 한 번에 한 명씩 교실 앞으로 학생들을 불러냈지요. 먼저 선생님은 그 학생이 선생님과 학급에 얼마나 중요한 존재인가를 말해 주고, 그 다음에는 '나는 중요한 존재다!' 라는 황금빛 글씨가 인쇄된 파란 리본을 선물했습니다.

얼마 뒤에, 선생님은 '중요성을 인정해 주는 것' 이 하나의 공동체에 어떤 영향을 미칠 수 있는가를 알아보기 위하여, 온 학급이 참여하는 프로젝트를 실행하기로 결정했지요. 학생들 각각에게 세 개 이상의 리본을 나눠 주고는 밖으로 나가서 '칭찬하기' 를 해 보라고 지시했습니다.

한 학생은 학교 근처에 있는 한 회사의 어떤 직원에게 갔습니다. 거기서 자기의 진로 계획을 세우는 데 그 직원이 도움을 준 것에 대해 찬사를 하며 푸른 리본 하나를 그 직원에게 주었습니다. 그러고는 여분으로 2개를 더 주며 "저희는 지금 '칭찬하기' 라는 학급 프로젝트를 진행하고 있습니다. 우리처럼 밖으로 나가서 칭찬할 만한 사람을 만나거든 그 사람에게 이 리본을 하나 주시고 여분의 리본도 주어서 그 사람이 이 '칭찬하기' 행사를 지속시킬 수 있게 해 주십시오. 그리고 나서 저에게 다시 그 결과를 알려주십시오." 하고 부탁했습니다.

얼마 뒤 그 직원은 자기에게 화를 잘 내는 사장에게 가서 자기는 사장의 독창성에 깊은 찬사를 보낸다고 말하고는 마지막 1개의 리본을 가지고 제3의 사람에게 칭찬을 해 주라고 부탁했습니다. 사장은 칭찬을 받고는 크게 놀랐습니다. 그래서 그날 밤, 자신의 열네 살 난 아들에게 말했지요.

"오늘 정말로 믿을 수 없는 일이 일어났다. 내 부하직원 가운데 한 명이 나한테 와서 나의 독창성에 대해 칭찬을 하고는 푸른 리본을 하나 주었단다. 나는 이 리본을 누구에게 줄까 생각하다가 너를 생각했다. 너는 상상이 안 가겠지만 말이다. 난 지금 너를 칭찬하고 싶구나. 내 생활이 몹시도 바쁘기 때문에 집에서 너에게 많은 신경을 써줄 수가 없단다. 때로는 너에게 성적이 안 좋다고 고함도 치고, 방을 엉망으로 해 둔다고 소리도 지르고…. 하지만 오늘 밤, 난 네가 나에게 아주 중요한 일을 하고 있다고 말하고 싶다. 너는 나의 인생에서 제일 소중한 존재란다. 너는 멋진 녀석이야. 사랑한다, 얘야!"

깜짝 놀란 아들은 끝내 울음을 터뜨리고는 그칠 줄 몰랐습니다. 아들의 몸이 떨려 왔지요. 눈물이 흐르는 얼굴을 들어 아들은 말했습니다.

"사실 전 내일 자살하려고 했어요. 아빠가 날 사랑하지 않는다고 생각했기 때문이죠. 하지만 이젠 그럴 필요가 없어졌어요!"

사랑하는 귀한 학부모님 여러분. 여러분은 자신의 생명보다 자녀를 더 사랑합니다. 여러분이 얼마나 자녀를 사랑하는지 말해 주세요. 직접 표현하지 않으면 여러 일들로 지치고 괴로워하는 여러분의 자녀는 잘 모릅니다. 여러분의 자녀에게 현재 가장 필요한 것은 많은 용돈과 비싼 과외, 비싼 학원이 아닙니다. 여러분 마음속에 이미 가지고 있는 자녀에 대한 따뜻한 격려와 사랑의 표현입니다.

사랑하는 귀한 후배님들, 여러분에게 이 부족한 선배가 꼭 해 주고 싶은 말이 있습니다. 여러분은 아주 중요한 존재입니다. 여러분은 아주 중요한 존재입니다. 여러분은 아주 중요한 존재입니다.

- 《다니엘 마음관리 365일》 중에서

6.
다니엘 아침형 학습 제6단계_고급과정 ①

| 1 | 2 | 3 | 4 | 5 | 6 | 7 | 8 | 9 | 10 | 11 | 12 | 13 | 14 | 15 | 16 | 17 | 18 | 19 | 20 | 21 | 22 | 23 | 24 | 25 | 26 | 27 | 28 | 29 | 30 |

제6단계(21~25일, 총5일)

15분 마음관리, 5분 스트레칭, 75분 수학 문제집 풀기

자부심과 자신감을 가져도 되는 단계
등교준비 시간 1시간 35분 전에 일어나기

이제 다니엘 아침형 학습법을 마스터하기 위한 단계도 2단계밖에 남지 않았다. 고급과정인 6단계에 올라온 모든 학생들에게 진심으로 축하의 말을 전한다. 여러분은 20번에 걸쳐 다니엘 아침 마음관리와 스트레칭을 하였다. 그리고 17번이나 아침공부에 성공하였다. 물론 실패한 날도 있었겠지만 다니엘 아침형 학습 5단계까지 요구하는 내용들을 다 채웠기에 6단계까지 온 멋진 청소년들이다. 자부심을 가져도 된다.

6단계는 75분간의 공부 시간이 주어진다. 75분은 숫자에서 알 수 있듯이 굉장한 시간이다. 아침에 다른 친구들이 모두 자고 있는 동안 20분 동안 마음관리 후 75분 동안 수학 공부에 집중할 수 있다는 것은 정말 짜릿한 일이다. 정말 엄청난 일이다. 이제 75분간의 수학 공부 빌드 오더를 새롭게 짜 보도록 하자.

75분간 수학 공부가 가능한 경우

하위권 학생의 경우

우선 하위권 학생들은 '35분 공부, 5분 휴식 및 스트레칭, 35분 공부'의 방법을 기본 빌드 순서로 계획을 짜 보도록 한다. 첫 35분 간은 수학 교과서 복습 시간으로 사용하도록 한다. 학교에서 이미 배운 수학 교과서를 중심으로 차근차근 문제를 풀어 본다.

5분간의 휴식 및 스트레칭 시간에 주의할 것이 있다면, 조금만 누워 있다가 다시 공부해야지 하는 마음을 갖지 않도록 하는 것이다. 이런 마음이 들면 단호하게 대처해야 한다. 왜냐하면 아직 다니엘 아침형 공부 패턴이 몸에 완전히 익지 않았기 때문에 도중에 눕게 되면 대개 잠이 들게 되기 때문이다. 잠에서 깨어나 보면 7시가 훌쩍 넘어 있는 경우가 많다. 이렇게 되면 아침도 제대로 먹지 못한 채 자책감을 가지고 학교로 허둥지둥 달려가게 된다. 이런 상태로 학교에 가면 오전 내내 마음도 무겁고 몸도 피곤하여 평소대로 공부에 집중하기가 어렵다. 따라서 아무리 피곤하고 졸리더라도 휴식시간에 눕지 않도록 한다. 그렇다면 어떻게 휴식시간을 보내는 것이 좋을까?

5분 정도 밖에 나가 맨손체조를 하면서 신선한 공기를 마시는 것이 가장 좋다. 방 안에서만 스트레칭하지 말고 밖으로 나가서 하면 몸과 마음이 더욱 상쾌하다. 2분 정도 줄넘기를 해도 운동이 꽤 된다. 5분이라는 시간을 짧다고 생각하지 말고 효과적으로 아껴 사용하면 충분한 휴식시간이 될 수 있다.

5분간 휴식을 한 후 두 번째 35분 동안에는 첫 번째 수학 공부 시간 중에 잘 이해되지 않았던 부분을 집중적으로 공부하도록 한다. 이 시간을 통해 여러분은 약점이었던 수학이 조금씩 강점으로 바뀌고 있음을 강하게 느끼게 될 것이다. 그리고 이렇게 학교 수학 교과서 복습이 이루어지면 수업시간에 반도 알아듣지 못했던 내용이 어느새 이해되고 있다는 사실에 놀라게 될 것이다. 그런데 아직 놀랄 때가 아니다. 이건 시작에 불과하다.

66여러분의 숨겨진 가능성과 실력이 이제 다니엘 아침 수학 공부를 통해 새롭게 시동이 걸리고 있습니다. 힘들어도 이 시간을 잘 견뎌 내기를 부탁드립니다.99

중위권 학생의 경우

중위권 학생은 '35분 공부, 5분 휴식, 35분 공부' 순서의 기본 빌드로 시작한다. 첫 번째 35분 동안은 내가 문제집을 풀면서 혹은 교과서를 풀면서 틀리거나 잘 이해되지 않았던 부분을 집중적으로 공략한다. 또 꿈의 노트에 기록된 문제들 중심으로 풀이를 해 나간다. 나의 약점이었던 문제들을 강점으로 변화시키는 작업을 하는 것이다. 가장 집중이 잘되는 이 시간을 이용하여 제일 부족한 부분을 보완하게 되면 수학 실력이 눈에 띄게 향상될 것이다.

그 다음에는 5분 정도 휴식을 취하면서 두 번째 수학 공부를 위한 숨고르기에 들어가도록 한다.

휴식을 취한 후 두 번째 35분 동안은 예습 위주로 문제를 풀도록 한다. 그날 배울 부분을 공부하거나 좀더 진도를 나가도 좋다.

예습을 할 때에는 교과서 문제를 먼저 풀고 잘 이해되지 않는 부분은 자습서를 참고한다. 만약 자습서를 보아도 이해되지 않는 부분이 있다면 별표를 한 후 수업시간에 집중하여 듣고 해결한다. 수학 교과서 예습이 다 된 후에는 교과서보다 약간 더 어려운 문제집 두 권을 정해 푼다.

첫 번째 문제집은 교과서 문제 난이도보다 조금 더 어려운 것을 택하고, 나머지 한 권은 그보다도 난이도가 좀더 있는 문제집을 택한다. 먼저 첫 번째 문제집을 예습한 만큼 풀어본다. 그리고 모르는 문제는 같은 방법으로 해결한다. 문제집을 풀다가 별표한 문제는 그날 반드시 학교 선생님 혹은 수학을 나보다 잘하는 친구에게 도움을 청해 꼭 해결하도록 한다. 내가 별표한 그 문제가 시험에 꼭 나온다는 마음을 가지고 반드시 해결하도록 한다. 이런 마음을 가지면 별표한 문제들이 하나씩 하나씩 꿈의 노트에 기록되고 쌓여갈 때마다 스트레스가 쌓이기는커녕 시험 예상문제를 가지고 있다는 뿌듯함에 자신감이 솟아날 것이다.

교과서 예습한 만큼 첫 번째 문제집을 다 풀었으면 이제 두 번째 문제집을 풀도록 한다. 수학 교과서, 문제집 2권을 이런 방식으로 풀면서 예습에 힘쓰면 확실한 수학 실력을 기르게 될 것이다.

상위권 학생의 경우

상위권 학생도 '35분 공부, 5분 휴식, 35분 공부'의 기본 공부 빌드로 시작한다. 만약 좀더 공부에 집중할 수 있다면 '40분 공부, 5분 휴식, 30분 공부'도 괜찮다. 어느 것이든 자신에게 맞는 것을 택한다. 우선 첫 번째 공부 시간에는 예습 위주로 수학 공부를 한다. 어느 정도 수학에 자신이 있는 학생들이기에 복습보다는 예습 위주로 공부하는 것이 좋다. 일단 수학의 전체적인 내용을 한번 살펴본 다음 좀더 세부적인 공부를 하는 것이 좋다.

예를 들어 지금 9월이라고 하자. 고1 학생이다. 수학은 10-나 진도가 나가고 있을 것이다. 방학 때 미리 10-나를 어느 정도 예습했을 것이다. 그러면 개학 후에도 자신이 예습한 내용 다음 부분을 지속적으로 아침시간에 예습하면서 공부하도록 한다. 튼튼하게 예습 위주로 공부하면 학교 수업시간에 그 내용을 반복하여 듣기 때문에 특별한 복습 없이도 복습 효과를 톡톡히 누릴 수 있다.

예습할 때는 교과서와 문제집 3권 정도를 선정하여 공부한다. 교과서보다 약간 어려운 문제집, 어려운 문제집, 아주 어려운 문제집을 택하여 순서대로 풀도록 한다. 예를 들어 1단원을 난이도가 낮은 문제집부터 차례로 풀면 된다. 그리고 휴식시간 이후 35분 동안에는 오늘 푼 범위 내에서 별표를 한 문제를 집중적으로 해결하도록 노력한다. 최대한 스스로 그 문제와 싸워 보도록, 이겨 보도록 한다. 잘 모른다고 금세 답을 보고 힌트를 보면 어려운 문제를 대처하는 창의적 사고력과 응용력이 키워지지 않는다.

이미 말했듯이 2008년 대학입시부터 서술형 본고사가 부활하게 되면 기존에 보던 문제 유형과는 다른 문제들이 많이 나오게 될 것이다. 문제 수는 줄지만 깊은 사고력과 응용력을 필요로 하는 문제들이 나온다. 시험에서는 힌트가 없다. 물론 답안지도 주지 않는다. 자기 힘으로 풀어야 한다. 과외 선생님도 도와주지 못한다. 본인의 능력만으로 시험을 보아야 한다. 따라서 평소 공부하면서 해답과 힌트를 너무 빨리 보지 않도록 한다.

상위권 학생의 경우 가급적 최소 5분 정도는 씨름해야 한다. 그리고 도저히 이해가 되지 않으면 힌트를 보고 다시 5분 동안 진검승부를 펼치도록 한다. 그래도 도저히 안 되면 틀린 표시를 한 후에 답안지를 본다. 만약 답안지를 보아도 이해되지 않으면 별표를 하도록 한다. 그리고 잠시 휴식 후 다시 집중하여 그 문제와 싸우도록 한다. 그래도 잘 이해가 되지 않으면 학교 선생님 혹은 수학을 잘하는 친구에게 질문하여 꼭 해결하도록 한다.

이렇게 스스로 문제와 승부를 벌이고 실전과 같은 연습을 꾸준히 하다 보면 실제 대학시험에서 익숙하지 않은 유형의 문제가 나오더라도 당황하지 않고 자신의 수학 실력을 유감없이 발휘할 수 있다.

2008년 서술형 본고사 시험 때부터는 질 높은 수학 실력이 반드시 필요하다. 단기간에 문제를 빨리 푸는 능력이 아니라 깊이 있게 문제를 분석하고 풀어나가는 능력이 요구된다. 이런 능력이야말로 대학에 가서 공부할 때도 꼭 필요한 능력이다. 자신이 원하는 대학에서 자신이 원하는 학과에 가기 위해 여러분은 공부한다. 힘들어도 최선을 다하고 있다. 그런데 정작 원하는 대학, 원하는 학과에 가서 제대로 공부하지 못하고 실력 발휘를 못한다면 그것만큼 어리석은 일이 없다.

지나치게 과외에 의지하는 학생들의 약점 중 하나는 스스로 문제를 풀어내는 능력이 상대적으로 부족하다는 것이다. 대학에 가서도 과외를 받는 학생들이 있다는 것은 아이러니한 일이다. 대학교에서는 정말 스스로 공부해야 한다. 그러기 위해서는 청소년 시절부터 기계적인 암기 위주의 공부보다는 스스로 생각하고 능동적으로 공부하는 습관이 필요하다. 다니엘 아침형 학습법의 핵심 내용 중 하나는 바로 스스로 공부할 수 있도록 도와주는 것이다.

다니엘처럼 뜻을 정해 하나님의 영광을 위해, 이웃을 위해 최선을 다해 미래를 준비하는 인재가 필요하다. 자신만의 성공을 위해 이웃을 해치는 사람이 아니라 사람을 살리는 인재, 하나님을 사랑하는 인재, 그런 준비된 인재들이 21세기에 꼭 필요하다. 대학에서, 대학원에서, 그리고 21세기 글로벌 사회에서 탁월한 인재가 되고 싶다면 청소년 시절부터 아침을 깨워야 한다. 그리고 스스로 공부하면서 창의적 사고력을 길러야 한다. 그리고 겸손하게 자신의 부족함을 인정하고 하나님께 지혜를 구하는 가난한 마음이 있어야 한다.

창의적 사고력과 성실함으로 무장한 21세기 멋진 인재들이 세계를 보다 좋은 방향으로 바꿀 수 있다. 여러분이 바로 그 주역인 것이다. 그러니 힘들더라도 포기하지 말고 지금 아침공부 시간이 나의 진정한 실력을 업그레이드하는 귀중한 기회의 시간임을 기억하도록 하라.

오늘 내가 아침공부를 포기하면 그만큼 나의 꿈은 멀어져 간다. 하지만 오늘 내가 힘들고 괴롭더라도 꿋꿋이 인내하며 아침공부를 완수하면 나의 미래는 달라진다. 오늘이 중요한 것이다. 지금 현재가 가장 중요하다. 지나간 과거에 얽매이지 말라. 막연한 미래에도 얽매이지 말라. 오늘 현재 지금 내가 살아 있는 이 시간에 올인하라. 주어진 지금 시간에 최선을 다하면 미래는 변한다. 현재에 최선을 다하면 지나간 과거의 실패는 만회할 수 있다. 현재의 소중함을 알고 이 시간, 이 자리에서 최선을 다하는 후배들이 되어 주길 간절히 바란다.

❝우리가 살면서 해서는 안 될 두 가지 걱정이 있습니다. 바로 과거에 대한 걱정과 미래에 대한 걱정입니다. 지나간 과거에 얽매여 한탄과 후회에 빠져 사는 사람들이 많습니다. 중요한 것은 아무리 걱정하고 아쉬워해도 과거가 다시 돌아오지 않는다는 것입니다.

미래 역시 마찬가집니다. 인간은 내일 일이 어떻게 될지 모릅니다. 한 치 앞도 내다볼 수 없는 존재입니다. 그럼에도 불구하고 미래에 대하여 막연하게 불안해하고 걱정하는 사람들이 많습니다. 이들 역시 아무리 걱정하고 불안해해도 생기지 않은 미래의 문제를 지금 해결할 수 없습니다.❞

| 마 6:34 |

그러므로 내일 일을 위하여 염려하지 말라. 내일 일은 내일 염려할 것이요, 한 날 괴로움은 그날에 족하니라.

Therefore do not be anxious for tomorrow; for tomorrow will care for itself. [Each] day has enough trouble of its own.

❝우리가 할 수 있는 최선은 지금 내 앞에 주어진 현재에 대해서

입니다. 지금 살아 있는 나에게 주어진 현재는 내가 최선을 다해서 보낼 수 있는 시간입니다. 현재를 어떻게 보내느냐에 따라 과거, 미래도 달라질 수 있습니다. "

>>> 배를 해체해서 고철로 만드는 회사에 짐이라는 노동자가 근무했습니다. 짐은 회사에서 막일을 하면서도 마음속 깊은 곳에 치과의사가 되겠다는 꿈을 가지고 있었습니다. 힘든 일을 하면서도 그는 퇴근 후 야간대학을 다니면서 준비했습니다. 그렇게 하기를 5년, 짐은 드디어 치과대학에 진학하게 되었고 얼마 전에는 치과의사 자격시험에도 합격하게 되었습니다. 고철회사 막노동꾼이 치과의사가 된 것입니다.

세상에는 이런 이야기들이 너무나 많습니다. 어려운 환경 속에서도 꿋꿋이 자신의 꿈을 버리지 않고 묵묵히 노력하는 사람들이 우리 주변에 있답니다. 사랑하는 귀한 후배 여러분, 이런 사람들의 공통점이 무엇인지 아세요?

바로 자신의 꿈을 버리지 않고 끝까지 그 꿈을 바라보며 자신이 가진 힘을 현재에 집중하여 지속적으로 쏟았다는 것입니다. 마치 돋보기가 태양열을 한곳으로 모이게 하여 종이를 태우는 것처럼 자신이 가진 능력과 힘을 분산시키지 않고 자신의 꿈을 이루기 위해 현재 주어진 시간에 최선을 다하고 노력했다는 것입니다.

사랑하는 귀한 후배 여러분. 다니엘 아침형 학습법을 마스터하는 것이 쉽지는 않습니다. 하지만 현재 주어진 시간에 최선을 다하려는 사람에게는 결코 불가능한 일이 아닙니다. 지금 여러분이 온 힘을 기울여 싸워야 할 대상은 과거도 미래도 아닙니다. 바로 오늘이라는 시간입니다. 오늘이라는 시간에 온 힘을 기울여 다니엘 아침형 학습법을 완성하는 데 최선을 다하길 부탁드립니다. 그럴 때 낭비한 과거의 시간을 만회할 수 있고 막연한 미래를 선명하고 새로운 미래로 바꿀 수 있습니다.

지금 여러분이 생각해야 할 것은 남은 다니엘 아침형 학습 훈련 기간 내가 할 수 있는 최선의 몸부림을 오늘 하루도 했느냐 못했느냐입니다. 오늘 해야 할 싸움은 바로 그 싸움입니다. 남과의 싸움이 아니라 자기 자신과의 싸움인 것입니다. 그 과정을 통해야만 21세기 다니엘 아침형 학생으로 거듭날 수 있고, 더 큰 인재로 성장할 수 있습니다. 힘드시겠지만 조금만 더 힘내시기를 부탁드립니다.

– 《다니엘 마음관리 365일》 중에서

"아무리 노력해도 너무나 힘들어 도저히 불가능하다고 생각한다면 나를 위해 몸 바치신 예수님을 생각하십시오. 나를 살리기 위해 무거운 십자가를 지시고, 나 대신 못 박혀 돌아가신 예수님을 바라보십시오. 영화 〈패션 오브 크라이스트〉의 장면들을 떠올려 보십시오. 그리고 다시금 뜻을 정하십시오. 나를 위해 돌아가신 예수님을 위해 나는 그동안 무엇을 했는가, 난 무엇을 했는가?

힘들면 힘들수록 더욱더 하나님께 기도하며 그분께 의지하십시오.**"**

고난이 주는 커다란 유익이 있다면 그것은 우리가 하나님과 더욱더 가깝게 교제하게 되는 지름길이 되어 준다는 것이다. 고난을 당할 때는 너무나 괴롭고 힘이 든다. 정말 도망가고 싶어진다. 그러나 시간이 지나 돌아보면 고난이 우리에게 유익이었음을 알게 된다. 고난을 통해 우리는 우리 자신을 돌아볼 수 있다. 고난을 통해 우리는 겸손해질 수 있다. 고난을 통해 나보다 더 힘든 사람들을 도울 수 있는 가난한 마음이 생긴다. 고난을 통해 하나님을 더욱 의지할 수 있게 된다. 고난을 통해 우리는 인내를 배울 수 있고 더욱 성숙한 인격으로 변할 수 있다. 아래에 고난에 대한 귀한 이야기들이 있다. 이들을 보고 지금 현재 힘들고 어려운 과정이 있더라도 다시금 뜻을 정해 힘을 내어 도전하길 간곡히 부탁드린다.

| 시 119:71 |

고난당한 것이 내게 유익이라. 이로 인하여 내가 주의 율례를 배우게 되었나이다.

| 야고보서 1:2-4 |

내 형제들아, 너희가 여러 가지 시험을 만나거든 온전히 기쁘게 여기라. 이는 너희 믿음의 시련이 인내를 만들어내는 줄 너희가 앎이라. 인내를 온전히 이루라. 이는 너희로 온전하고 구비하여 조금도 부족함이 없게 하려 함이라.

| 로마서 5:3-4 |

다만 이뿐 아니라 우리가 환난 중에도 즐거워하나니 이는 환난은
인내를, 인내는 연단을, 연단은 소망을 이루는 줄 앎이로다.

| 누가복음 21:19 |

너희의 인내로 너희 영혼을 얻으리라.

| 히브리서 10:36 |

너희에게 인내가 필요함은 너희가 하나님의 뜻을 행한 후에 약속을
받기 위함이라.

| 야고보서 5:11 |

보라. 인내하는 자를 우리가 복되다 하나니. 너희가 욥의 인내를 들
었고 주께서 주신 결말을 보았거니와 주는 가장 자비하시고 긍휼히
여기는 자시니라.

여러분은 한 그루의 나무가 아름다운 음을 내는 피아노 건반이
되기까지 얼마나 많은 시련을 거쳐야 하는지 알고 있는가? 우선
베임을 당해야 한다. 그러나 베임을 당하는 데서 끝나는 것도 아
니다. 수많은 세월 동안 들에 방치되어 있으면서 추운 겨울과 더
운 여름을 견뎌 내야만 한다. 그런 과정을 거쳐야만 뒤틀리지 않
고 건반 구실을 잘 감당할 수 있기 때문이다.

여러분의 삶은 어떠한가? 아름다운 음을 내는 건반이 되기 위

해 시련을 감당하고 있는가? 시련은 여러분에게만 있는 것이 아니다. 헬렌 켈러를 보자. 헬렌 켈러가 당한 시련은 정말 어마어마했다. 그러나 그녀는 자신에게 닥친 시련을 잘 감당함으로써 지금까지도 시련을 겪고 있는 많은 사람들의 위로자가 되어 주고 있다.

>>> 찰스 코우만 여사는 애벌레가 나방이 되는 것을 1년 동안 관찰한 뒤 다음과 같은 얘기를 했습니다.

"맨 처음 번데기에서 나방이 나오는 것을 관찰하게 되었을 때, 저는 작은 구멍으로 안간힘을 쓰면서 나오려고 하는 나방이 너무나 불쌍해서 가위로 구멍을 넓혀 주었습니다. 그러나 큰 구멍으로 쉽게 빠져나온 나방은 방구석을 기어다니기만 할 뿐 가엾게도 날지를 못했습니다. 너무 일찍, 그리고 너무 쉽게 번데기에서 나온 탓이었습니다."

사람들은 시련이 없는 삶을 동경하며, 시련이 없는 삶이야말로 축복받은 삶이라고 생각합니다. 그러나 시련이 없다면 우리는 온전한 인격을 갖출 수 없습니다. 사나운 폭풍우와 차가운 폭설이 단단한 상수리나무를 좀더 깊이 땅속에 뿌리박게 하듯, 현재의 고난과 시련과 시험은 오히려 흔들리기 쉬운 여러분의 마음을 가다듬게 하여 꿈과 희망을 향해 더욱 견고하게 뿌리내리게 하고 확고히 정착하게 할 수 있음을 꼭 기억하십시오.

어느 날 독일의 한 남작이 바람을 이용해서 뭔가 웅장하고 아름다운 소리를 내는 악기를 만들 수 없을까 하는 고심을 하고 있

었습니다. 그러던 중 좋은 생각이 떠올랐습니다.

그는 자신이 살고 있는 성곽 위에 세워 놓은 두 개의 탑 끝을 여러 가닥의 철사로 연결했습니다. 바람이 불지 않을 때는 그 거대한 악기는 아무런 소리도 내지 않았습니다. 그러다 미풍이 불자 그 악기는 조그맣게 소리를 내기 시작했습니다. 그 악기가 가장 웅장하고 아름다운 소리를 낸 것은 무서운 폭풍우가 치는 날이었습니다.

사랑하는 귀한 후배들, 역경의 날에 즐거워하십시오. 상처받고 힘든 사람들을 이해하기 위해 꼭 필요한 과정입니다. 역경의 날에 감사하십시오. 고난은 여러분이 21세기 따뜻한 마음과 탁월한 실력과 성숙한 신앙을 지닌 진정한 리더가 되기 위한 특별 훈련 프로그램이기 때문입니다. 역경의 날이 있어야만 자갈밭과 가시밭이 옥토로 변할 수 있습니다.

사랑하는 귀한 후배들은 지금 어떤 고난을 당하고 있는지요? 지금 그 고난을 당할 때 어떤 행동을 취하고 있는지요? 인간은 고난을 겪을 때마다 그만큼 더욱 성숙해질 수 있는 존재입니다.

오늘 하루도 고난을 두려워하지 말고 허리를 단단히 동여매고 희망과 꿈을 바라보며 더욱더 힘을 내시기 바랍니다.

귀한 후배들 모두가 고난과 역경의 날에 희망으로 즐거워하며 오래 참을 수 있게 되기를 간절히 소원합니다.

— 《다니엘 마음관리 365일》 중에서

우리가 살고 있는 21세기는 하나님의 마음을 시원케 하는 준비된 일꾼들이 너무나도 필요하다. 세상에서 빛과 소금의 역할을 할 사람들이 정말 필요하다. 자기 자신만 아는 엘리트들이 너무나 많다. 탁월한 실력과 따뜻한 마음과 사랑을 지닌 준비된 인재들이 절실히 필요하다. 세상에 고통받고 괴로움을 당하는 사람들은 너무나 많다. 하나님의 복음과 사랑을 받아야 할 사람들이 너무나 많다. 예수님은 그런 현실을 두고 말씀하신다.

"희어져 추수할 것이 너무나 많은데 추수할 일꾼이 없구나. 정말 없구나."

| 마 9:37 |

이에 제자들에게 이르시되 추수할 것은 많되 일꾼은 적으니

Then He said to His disciples, "The harvest is plentiful, but the workers are few."

예수님의 안타까운 그 탄식을 그동안 우리는 외면해 왔다. 그 일을 감당할 사람은 바로 새벽이슬 같은 청소년, 청년들이다. 바로 여러분이 그 주인공이다. 그러기에 힘을 내야 한다. 좌절과 포기의 수렁에 너무 오래 있지 말자. 잠시 쉴 수는 있어도 너무 오래 있지 말자. 우리에게는 예수님이 있다. 그분을 의지하고 그분께 나아가자. 있는 모습 그대로 나아가 그분께 위로와 사랑을 받자. ❝그리고 여러분의 마음의 병을 치료받으십시오. 하나님 안에서 멋지게 회복한 다음 다시금 뜻을 정해 하나님의 마음을 시원케 하

고 어려운 이웃을 살리는 멋진 일꾼들로 우뚝우뚝 서기를 부탁드립니다."

75분간 수학 공부하기가 어려운 경우

75분간 수학 공부를 하기가 쉽지 않은 학생들도 있다. 그런 친구들은 수학 문제를 풀다가 더 이상 문제가 풀리지 않으면 잠시 쉬도록 한다. 그리고 대신 온몸으로 하는 영어 공부를 시작하자. 5~15분간 소리 내어 영어로 떠들면 좋다. 학교에서 이미 배웠던 영어 교과서를 소리 내어 쭉쭉 읽어 나가도록 한다. 읽는 소리에 귀를 기울이면서 아랫배에 힘을 주고 소리 내어 영어를 읽고 또 읽어 보자.

굳이 외우려고 하지 말고 **반복해서 계속 읽는다.** 그런 식으로 정적인 수학 공부에 지친 몸과 마음을 소리 충격을 주어 다시 깨어나도록 한다. 이렇게 소리 내어 영어를 읽다 보면 기력이 회복되는 것을 느끼게 될 것이다. 그리고 원기를 회복한 다음 다시 그 힘을 바탕으로 수학 공부에 임하자. 그러면 수학 문제들이 다시 풀릴 것이다. 만약 그래도 수학 공부하기가 쉽지 않다면 나만의 비장의 방법을 가르쳐 주겠다. 바로 하나님께 떼쓰기!

하나님께 떼쓰기

나 자신도 공부가 쉽지 않고 어려웠다. 더구나 몸이 아팠기에 오래 앉아서 공부할 수 없어서 조금만 집중하고 앉아 있으면 남들보다 훨씬 빨리 피로가 몰려왔다. 그래서 내 소원 중의 하나가 1시간 동안 허리통증 없이 공부해 보는 것이었다. 지금도 이 소원을 가지고 있다. 책을 쓸 때도 마음으로는 더 쓰고 싶지만 몸이 아파서 쉬어야 할 때가 너무 많다. 그럴 때마다 무척 속이 상한다. 하고 싶은데 할 수 없기 때문이다.

그럼에도 불구하고 나는 무척 감사하다. 그런 상황 속에서도 조금씩 조금씩 책을 쓰고 학생들에게 강의도 하고 세미나도 할 수 있기 때문이다. 하지만 나 역시 인간인지라 공부를 하다가 혹은 책을 쓰다가 힘들면 잠시 쉰다. 그리고 하나님께 떼를 쓰기 시작한다. 떼를 쓴다는 말이 좀 이상하게 들릴 수 있지만 나는 하나님께 온갖 말을 다 한다.

"하나님, 저 많이 아프고 힘들어요. 잘하고 싶은데, 정말 잘하고 싶은데 몸이 따라 주질 않습니다. 하나님 도와주세요. 하나님 저 좀 도와주세요. 하나님 정말 힘들어요. 정말 공부하기도 싫고 다 싫어요. 다 포기하고 싶어요. 너무 아파서 다 하기 싫어요. 힘들어요. 하나님 저 좀 도와주세요. 저 좀 살려 주세요."

어린아이처럼 하나님께 도움을 요청한다.

"하나님 없이는 할 수 없어요. 내 힘과 내 지혜에 의지하지 않습니다. 저는 하나님만 의지합니다. 하나님의 마음을 시원하게 하는 일꾼이 되고 싶습니다. 부족한 저를 하나님 도와주세요. 전 너무 연약하고 부족합니다. 그래서 하나님의 도움이 정말 필요합니다. 하나님 아시지요. 하나님 아시지요. 불쌍히 여겨 주세요. 도와주세요…."

한참을 이렇게 기도드린다. 그러면 참 신기하게도 기도한 후에 하나님의 평안함이 마음속에 가득 차오른다. 그리고 다시 시작할 마음과 힘도 생겨난다. 정말 신기한 일이다.

남들보다 건강하지 못한 약점을 한때는 비관하고 좌절하기도 했다. 그렇게 몇 년을 비관하고 좌절한 결과 나의 삶은 더 내려갈 곳이 없는 곳까지 내려갔다. 자살까지 생각해본 적도 있다. 그렇게 바닥에서 계속 지내다가 어느 날 하나님을 인격적으로 더 깊이 만나게 되었다. 그리고 그때부터는 아픈 현실을 비관하기보다는 그러한 현실을 다르게 보기 시작했다.

고통으로 인해 나는 자신의 한계를 깨닫게 되었고 자신을 의지하지 않고 하나님을 더욱 의지하게 되었다. 그것이 내가 대학에서 나보다 더 뛰어나고 건강한 학생들이 많은데도 좋은 성적으로 공부할 수 있었던 가장 큰 이유가 되었다.

종교가 어떤 것이든 사랑하는 귀한 후배들, 정말 많이 힘들면 그것을 잊기 위해 인터넷과 텔레비전과 오락에 의지하지 말고 하나님께 말씀드려 보자. 하나님은 눈에 보이지 않지만 정말로 살아계시다. 그분은 신 중의 신이시고 나를 사랑하신다. 하나님은 사랑이시다. 다음은 내가 무척이나 좋아하고 사랑하는 말씀 내용이다.

| 요일 4:16 |

하나님이 우리를 사랑하시는 사랑을 우리가 알고 믿었노니

하나님은 사랑이시라.

사랑 안에 거하는 자는 하나님 안에 거하고 하나님도 그 안에 거하시느니라.

하나님은 우리의 부족하지만 어린아이 같은 기도를 외면하지 않으신다. 우리가 정말 힘들어서 도움을 구할 때 나 몰라라 하시는 분이 아니다. 우리는 그분의 자녀이다. 그렇기 때문에 아버지 하나님께 도움을 구할 수 있다.

❝이 책을 보는 분 중에는 하나님을 잘 모르는 분도 있을 것입니다. 그렇다 해도 한번 하나님께 기도해 보세요. 하나님 나 좀 도와 달라고 간절히 기도해 보세요. 그리고 가까운 교회에 가 보세요. 예배를 통해 하나님과 교제하고 만날 수 있습니다. 여러분의 걱정과 근심과 고민거리를 혼자 힘으로만 해결하려 하지 말고 전지전능하신 하나님을 의지하고 그분께 기도하십시오. 하나님께 나아가십시오.❞

| 마 11:28 |

수고하고 무거운 짐진 자들아 다 내게로 오라. 내가 너희를 쉬게 하리라.

Come to Me, all who are weary and heavy-laden, and I will give you rest.

하나님께서는 지금도 여러분을 부르고 계신다.

"어서 오너라. 나의 사랑하는 자녀여. 내가 너를 기다리고 있단다. 어서 돌아오렴. 내가 너를 사랑한다. 많이 힘들지. 너 혼자 그모든 것을 감당하려 하지 말고 나에게로 오렴. 내가 너를 도와주겠다. 너에게 참된 기쁨과 평안을 주겠다. 주저 말고 나에게로 오렴. 언제든지 어느 때든지 두 손 벌리고 너를 기다리고 있단다. 내가 너를 사랑한다."

　》》 스코틀랜드의 글래스고에 살던 한 십대 소녀가 부모님이주는 압박감과 기대감, 그리고 집에서의 생활에 싫증을 느꼈지요. 결국 소녀는 집안에서의 간섭을 억압으로 생각하여 집을 나갔습니다. 하지만 직업을 구할 수 없었던 그 소녀는 결국 거리로나가 창녀가 되고 말았지요. 세월이 흐를수록 그런 비참한 생활에 더욱더 빠져들게 되었습니다.

　집 나간 뒤로 그 소녀와 어머니는 전혀 소식을 주고받지 않았습니다. 그러다가 딸의 행방을 전해 들은 어머니는 딸을 찾기 위하여 딸이 있는 도시의 변두리 지역을 찾아갔지요. 모든 구제단체들을 돌면서 어머니는 말했습니다.

　"이 사진 한 장만 받아 놔 주시겠어요?"

　그 사진은 회색머리에 미소를 짓고 있는, 소녀의 어머니 사진이었습니다. 그 사진의 밑에는 이렇게 씌어 있었습니다.

　"여전히 널 사랑한단다. …돌아오너라."

　그 뒤로 몇 달이 지나도록 아무런 일도 일어나지 않았습니다. 그러던 어느 날, 길거리에서 방황하던 소녀가 한 구호단체에 식사를 얻어먹기 위해 왔습니다. 그녀는 그저 멍하니 예배를 드리면서 게시판을 이리저리 훑어보고 있었지요. 그러다가 거기서 자기 어머니와 무척이나 닮은 사진 한 장을 발견했습니다. 혹시? 그녀는 예배가 끝날 때까지 기다릴 수가 없었습니다. 게시판으로 가서 그 사진을 들여다보았지요. 바로 자신의 어머니였습니다. 그리고 '여전히 널 사랑한단다. …돌아오너라.' 라는 어머니의 말을 읽었지요.

믿을 수 없는 그 사실에 소녀는 그만 흐느끼고 말았습니다.

시간은 비록 밤이었지만, 그 사진 밑에 씌어 있는 말에 용기를 얻은 소녀는 집을 향해 걷기 시작했습니다. 결국 밤새 걸은 뒤 이른 아침이 되어서야 소녀는 집에 도착하였지요.

그러나 소녀는 집에 들어가기가 두려워 문 밖에서 머뭇거렸습니다. 이제는 어찌 해야 할지 몰랐습니다. 하지만 용기를 낸 소녀는 대문을 두드렸지요. 그런데 대문이 저절로 열리는 것이 아니겠습니까! 도둑이 들었을지도 모른다는 생각에 어머니를 걱정하며 소녀는 안으로 뛰어들어가 곧장 어머니의 침실로 들어갔습니다. 어머니는 다행히 아무 일 없이 주무시고 계셨습니다! 어머니를 흔들어 깨우며 소녀는 말했지요.

"엄마, 저예요, 제가 돌아왔어요!"

이 말에 잠에서 깨어난 어머니는 자신의 눈을 의심했습니다. 내 딸이 돌아오다니! 눈물을 훔친 어머니와 딸은 서로를 부둥켜안았습니다.

"문이 열려 있기에 도둑이 들어온 줄 알았어요."

딸이 말했습니다. 하지만 어머니는 조용히 말했지요.

"네가 집을 나간 날부터 지금까지 한 번도 대문을 잠그지 않았단다."

- 《다니엘 마음관리 365일》 중에서

  ❝옛날 제가 어머니께 무척 혼이 난 다음 순간 가출하고 싶은 마음이 든 적이 있었습니다. 그래서 잠시 했습니다. (-.-;;) 물론 저녁이 되어 너무 배도 고프고 갈 곳도 마땅치 않아 돌아왔지만요.

  무척 혼날 줄 알았는데 어머니께서는 아무 말씀 안 하시고 밥을 챙겨주시며 변함없이 대해 주셨습니다. 밥을 먹고 있자니 왠지 눈물이 나는 거 있죠.

  가족만큼 세상에서 좋은 것은 없는 것 같습니다. 정말 특별한 관계입니다. 그런데 더욱 놀라운 사실은 그런 부모님보다 하나님은 우리를 더 사랑하신다는 겁니다.❞

| 이사야 49:15 |

여인이 어찌 그 젖 먹는 자식을 잊겠으며 자기 태에서 난 아들을 긍휼히 여기지 않겠느냐 그들은 혹시 잊을지라도 나는 너를 잊지 아니할 것이라.

  ❝하나님은 눈에 보이지 않지만 정말 살아계셔서 우리를 이렇게 사랑하십니다. 힘들고 지친 여러분, 언제든지 하나님께 의지하고 그분에게로 나아가십시오. 그러면 여러분의 인생이 달라질 수

있습니다. 하나님은 여러분을 결코 고아처럼 혼자 내버려 두지 않으십니다. 그분을 찾으십시오. 그분을 만나십시오.**"**

제6단계를 마무리하며

지금까지 5일 동안 15분 마음관리, 5분 스트레칭, 75분 공부를 성실하게 수행한 친구들은 다니엘 아침형 학습 6단계를 잘 마치게 되었다. 정말 수고하였다.

6단계에 와서는 버거워하는 학생들이 많을 수 있다. 5단계까지는 잘했지만, 6단계에서 주춤하는 학생들이 생길 수 있다. 그런 학생들은 실패한 날만큼 보충하여 7단계로 넘어가길 부탁한다.

"힘들어도 조금만 더 힘을 내세요. 목표가 얼마 남지 않았습니다. 함께 도와주시는 학부모님들께서는 꼭 자녀들에게 힘을 북돋아 주십시오. 부모님의 격려의 힘은 정말 큽니다. 인생을 바꿀 수 있을 정도입니다.**"**

⟩⟩⟩ 우리는 어떤 한두 사람의 평가로 인해 자신의 꿈을 포기하고 좌절하는 경우가 종종 있습니다. 그러나 소위 권위자라는 몇몇 사람의 평가가 절대적인 것은 아닙니다.

이탈리아의 유명한 가수 엔리코 카루소는 어려서부터 노래를 잘 불렀습니다. 그래서 본격적으로 성악을 공부하기 위해 유명한 선생을 찾아갔습니다.

"너 따위 목소리로 가수가 되겠다니 참 우스운 일이다."

엔리코 카루소는 사형선고나 받은 듯 실망하고 돌아왔습니다. 그러나 그 어머니는 오히려 스승을 나무랐습니다.

"네 목소리나 음악적 소질을 무시하다니 말도 안 된다. 그 선생이 유명하기는 한데 너를 지도할 만한 자격은 없는가 보다. 얘야, 낙심 말고 다른 스승을 찾아보자."

어머니는 아들을 격려해 주었습니다. 그러고는 또 다른 선생을 찾아 나섰습니다. 훗날 카루소가 유명한 성악가가 된 후 인터뷰를 하게 되었습니다.

"제가 만약 그 유명한 선생님의 말만 듣고 낙심했다면 저는 이 자리에 있지 못했을 것입니다. 하지만 어머니의 사랑의 격려한 마디가 제 인생을 변화시켰습니다. 오늘의 제가 있는 것은 바로 어머니의 사랑의 격려 덕분입니다."

- 《다니엘 마음관리 365일》 중에서

| 1 | 2 | 3 | 4 | 5 | 6 | 7 | 8 | 9 | 10 | 11 | 12 | 13 | 14 | 15 | 16 | 17 | 18 | 19 | 20 | 21 | 22 | 23 | 24 | 25 | **26** | **27** | **28** | **29** | **30** |

제7단계(26~30일, 총5일)
15분 마음관리, 5분 스트레칭, 100분 수학 문제집 풀기
다니엘 아침형 학습법의 최종완성 단계, 꿈을 현실로 만드는 드림 팩토리의 핵심단계 등교준비 시간 2시간 전에 일어나기

　　마지막 단계까지 온 여러분을 진심으로 환영한다. 여러분은 그동안 25번을 다니엘 아침형 학습법대로 공부한 엄청난 대한민국의 인재들이다. 여러분 한 사람 한 사람은 단순히 개인적 차원이 아닌 국가적 차원으로 보호해야 할 귀한 인재들이다. 여러분 가운데 21세기 글로벌 리더가 나오게 될 것이다. 나는 굳게 믿는다. 여러분은 아주 특별한 사람들이다.

　　마지막 7단계는 다니엘 아침형 학습법의 최종 완성 단계이다. 이 단계를 마스터하면 여러분은 다니엘 아침형 학습법의 7단계를 모두 완성한 것이다. 21세기 다니엘 아침형 학생으로 자랑스럽게 새롭게 태어나는 것이다. 그렇기에 더욱더 힘을 다해 도전해 보도록 하자.

　　다니엘 아침형 학습법은 여러분의 인생을 바꾸어 줄 특별한 계획이다. 지금 여러분은 여러분의 꿈을 현실로 만드는 드림 팩토리의 심장부에 와 있다. 이곳은 여러분의 과거 잘못과 실패를 멋지게 만회하고 여러분의 미래를 상상할 수 없을 정도로 새롭게 회복해 줄 수 있는 꿈의 장소이다. 이제 심호흡을 하고 다시금 전열을 가다듬으며 7단계를 공략해 보도록 하자.

7단계를 효과적으로 완성하기 위하여

7단계를 효과적으로 완성하기 위해 여러분들은 아침식사 2시간 전에 일어나야 한다. 7시에 아침식사 및 학교 갈 준비를 하는 학생의 경우라면 5시에 일어나도록 계획을 세운다. 5시에 일어나기 위해서 6시간 잠을 잔다고 할 때 11시에는 잠자리에 들어야 한다. 11시에 잠을 자야 한다는 것은 이제 본격적인 다니엘 아침형 라이프 스타일로 변화를 주어야 한다는 것을 의미한다. 한마디로 말하자면 일찍 자고 일찍 일어나는 생활을 하는 것이다.

일찍 자기 위해서는 저녁공부 시간과 저녁시간에 대한 구체적인 계획 수정이 필요하다. 일단 학교에서 자율학습을 하든 학원에서 늦게 오든 집에서 공부를 하든 10시 40분 정도부터는 잘 준비에 들어가야 한다. 엄밀히 말하자면 10시부터는 잠자는 시간 11시에 맞추어 숙면을 위한 준비에 들어가야 한다.

대략 9시부터 9시 30분 사이 각 학교의 자율학습이 끝난다. 중학생의 경우는 야간 자율학습이 없다. 초등학생 역시 없다. 대학생 역시 없다. 저녁시간 대부분을 학원에서 보내는 학생이라면 가급적 10시 전후로 학원에서 돌아오도록 한다. 특별한 날을 제외하고는 10시 전후에 집에 돌아와서 11시에 잘 수 있도록 준비해야 한다. 집에서 저녁공부를 하는 학생들 역시 10시 30분까지 저녁공부를 마치고 잘 준비에 들어가야 한다.

반신욕의 위력

11시에 자는데 왜 이렇게 미리부터 잘 준비를 해야 하는가 하면 앞서 강조한 것처럼 다니엘 아침형 학습은 아침이 아닌 전날 저녁 시간에 시작되기 때문이다.

하루 종일 공부하고 지친 학생들을 위해 나는 밤 10시 30분부터 10분 정도의 반신욕을 권하고 싶다. 나 역시 매일 저녁 반신욕을 하는데 매우 효과가 있다. 특히 지친 몸과 마음을 개운하게 해 주고 숙면을 취하는 데 큰 도움이 된다. 잠이 부족한 학생들에게 반

신욕은 적게 잠을 자더라도 숙면하도록 만들어준다. 10분이라는 시간이 짧지만 6시간 동안 깊이 숙면을 취하게 만드는 중요한 역할을 하는 것이다. 10시 30분부터 10시 40분까지 반신욕**을 하고 10시 45분까지 샤워하고 잘 준비를 한다.

저녁 마음관리 시간의 중요성

잠옷을 갈아입고 잠자리에 들면 10시 50분 정도 된다. 이 시간이 다니엘 아침형 학습법에서 매우 중요한 시간이다. 10분 동안 기도하면서 하루를 돌아본다. 3분 동안 성경을 보고 7분 동안 기도할 수도 있다. 5분 동안 성경을 보고 5분 기도할 수도 있다. 자신에게 맞는 마음관리 시간을 갖도록 한다. 그날 아침부터 1시간 단위로 생각하며 자신의 생활을 돌아본다. 부족한 부분은 노트에 적어 같은 실수를 최대한 줄이도록 한다. 인간은 연약하고 허물 많고 실수하는 존재이다. 부족한 존재이다. 그렇지만 반성을 통해 자신을 업그레이드할 수 있는 존재이다. 그러므로 잠자리에 들기 전에 하루를 반성하며 하나님께 기도하는 시간은 매우 귀한 시간이다. '내가 오늘 하나님을 위해 무엇을 했는가? 내가 내 이웃을 위해 무엇을 했는가? 나는 빛과 소금처럼 오늘 세상을 살았는가? 난 무엇 때문에 오늘 하루를 살았는가?' 하고 생각해 보자. 아무리 좋은 결심을 하더라도 인간은 연약하기에 무너지기 쉽다. 하지만 저녁과 아침마다 반성하며 각오를 다지면 그 사람의 결심

■ 반신욕은 이 책 pp. 214~216에 자세히 설명했으니 참고하세요.

은 매우 견고해진다.

저녁 마음관리 시간은 아침 마음관리 시간 못지않게 중요하다. 저녁 마음관리를 마무리하면서 하나님께 다음날 아침 5시에 일어나게 해 달라고 기도를 한다. 그리고 '나는 아침 5시에 꼭 일어날 수 있다.'고 스스로 다짐을 해 본다. 또 6시간 자는 것이 적게 자는 것이 아니라, 충분히 자는 것이라는 생각을 반복해서 하도록 한다. 마음가짐이 중요하다. 매일 4시간 자는 사람에게 6시간 자는 것은 정말 잠을 많이 잔 것이라고 생각될 수 있다. 마찬가지로 매일 9시간을 자는 사람에게는 8시간을 자는 것이 많이 자는 것이 아니라고 생각될 수 있다.

우리 신체는 6시간 숙면을 하면 하루 생활을 하는 데 전혀 지장이 없다. 숙면을 하면 4시간만 자도 하루를 활기차게 생활하는 데 부족함이 없다고 한다. 중요한 것은 우리의 마음가짐과 숙면시간이다. 아무리 많이 자도 숙면을 취하지 못하면 자고 일어나서 허리도 아프고 머리도 아프다. 몸이 더 무겁고 괴롭다. 우리는 이런 경험을 많이 해 보았다. 잠을 적게 자더라도 숙면을 취하면 오히려 머리가 맑고 몸이 가볍다. 많이 자는 것이 중요한 것이 아니라, 어떻게, 어떤 마음 상태로 자느냐 하는 것이 중요한 것이다. 저녁 마음관리 시간을 통해 마음속에 있는 걱정들을 훌훌 털어 버리고 흐트러진 내면세계의 질서를 바로잡는 것이 중요하다. 나를 무겁게 억누르고 억압하던 마음의 밧줄들을 제거하고 나면 마음 편하게 숙면을 취할 수 있다.

마음의 무거운 짐들을 해결하지 못한 채 잠자리에 들면 수면상태에서도 그 영향을 계속 받는다. 잠도 금세 들지 못하고 이리저리 뒤척거리다 한참 뒤에야 잠이 든다. 그러다 아침이 되어 일어나면 몸이 개운하지 못하다. 그런 상태이기에 기상시간이 되어도 제때 일어나지 못하고 자꾸 침대에서 실랑이를 벌인다. 그러므로 다니엘 아침형 공부를 제대로 하기 위해서는 저녁 마음관리가 매우 중요하다.

반신욕을 하고 저녁 마음관리를 하고 나서 11시에 잠자리에 들어 보라. 혈액순환이 잘 되면서 금세 숙면의 나라로 들어간다. 정말 단잠을 자게 된다. 이렇게 단잠을 자는 것은 어떤 보약보다 좋다. 마음 편하게 단잠을 자면 피로가 쫙 풀린다. 그리고 아침 5시가 되면 기분 좋게 일어날 수 있다. 이렇게 저녁 마음관리를 하고 잠자는 것이 습관이 되면 불가능해 보일 것 같은 5시 기상도 큰 무리 없이 규칙적으로 매일 가능하다.

내 강의를 듣는 학생들 가운데는 이렇게 생활하는 친구들이 많다. 그들도 맨 처음에는 불가능한 것으로 여겼지만 강의를 통해 확고한 아침공부의 동기를 부여받고 나서 다니엘 아침형 학습 7단계 훈련을 통해 지금은 완전히 다니엘 아침형 학생으로 자리 잡게 되었다.

이제 처음으로 7단계에 도전하는 학생들은 아직 완전히 습관이 된 것이 아니기에 처음에는 일어날 때 졸릴 수 있다. 그렇지만 반드시 해내겠다는 단호한 마음으로 뜻을 정하고 일어나면 별무리 없이 일어날 수 있다.

아침 5시에 일어나면 5분 성경, 5분 기도, 5분 하루 공부 계획을 하는 다니엘 마음관리 시간을 갖는다. 그리고 5분간 스트레칭을 한다. 그런 여러분에게는 100분이라는 엄청난 시간이 주어진다. 이 시간은 다니엘 아침형 수학 공부를 완성하는 시간이다. 하루 100분 아침 수학 공부를 하는 것이 다니엘 아침형 수학 공부의 완성된 모습이다. 따라서 여러분은 지금부터 엄청난 양의 수학 공부를 하게 된다. 그대로 실천하면 여러분은 원하는 대학, 원하는 학과에 들어가는 데 필요한 실력을 넉넉히 쌓게 될 것이다. 이 100분을 통해 여러분의 인생은 달라지게 될 것이다.

구체적인 다니엘 아침형 학습 7단계 적용

하위권 학생의 경우

그러면 이제 구체적으로 100분을 어떤 방식으로 공부할지 전략을 세워 보도록 하자. 우선 하위권 학생의 경우를 보자. 하위권이라는 말에 너무 자존심 상하지 말기를 부탁한다. 한번 하위권이라고 해서 영원히 하위권이 아니다. 한번 상위권이라고 해서 역시 영원한 상위권이 아니다. 얼마든지 변화 가능성이 있고 역전의 가능성이 있다. 언제 어떻게 동기부여 받아 발동이 걸려 시작할지 아무도 모른다. 시작은 별 볼일 없을 수 있으나 여러분의 미래는 엄청나게 위대해질 수 있다. 바로 다니엘 아침형 공부를 통해서이다.

하위권 학생이 다니엘 아침형 학습 7단계 공부 방식을 3개월만 꾸준히 한다면 수학에서 중 · 상위권으로의 도약이 무난하다. 그 정도로 7단계 공부는 월등하다. 어떤 수학 공부 방법보다 여러분의 실력을 확실히 오르게 할 수 있다. 최강의 방법인 것이다. 그렇기에 마음을 단단히 먹고 시작해 보자.

우선 '30분 공부, 5분 휴식, 30분 공부, 5분 휴식, 30분 공부' 하는 방법과 '50분 공부, 10분 휴식, 40분 공부' 두 가지 방법이 있다. 어느 방법이 몸에 맞는지는 자신이 판단하여 선택하도록 한다. 우선 첫 번째 방법이 기본 방식이다. 30분 동안 확실히 집중하여 공부한 후 5분 정도 휴식시간을 가지도록 한다.

그러면 맨 처음 30분은 어떻게 공부할까? 바로 학교 수학 수업 시간에 배운 내용을 복습하는 것이다. 30분 동안 수업시간에 배운 내용을 다시 풀어 본다. 이때 내용 확인과 개념 정리를 확실히 하도록 한다. 첫 30분 동안 워밍업을 한다는 마음으로 교과서 복습 위주로 공부한다.

5분 휴식 후 두 번째 30분은 복습을 하면서 어려워서 별표한 문제들을 집중적으로 공략한다. 이때 필요하다면 과거에 배운 내용들 역시 확인해 가면서 별표한 문제들을 자기 것으로 만들도록 한다. 고1 수학 내용을 공부하다가 잘 이해가 되지 않으면 중학교 교과서와 자습서를 다시 확인하면서 반드시 현재의 내용을 완전히 이해할 수 있도록 공부한다. 30분 내내 한 문제와 싸워도 좋다. 이렇게 공부하다 보면 3개월이 지나면 웬만한 기초는 탄탄하게 다질 수 있다.

5분 휴식 후 세 번째 30분 공부 시간에는 오늘 배울 교과서 내용 예습 위주로 문제를 푼다. 미리 수학 예습을 해 보는 것이다. 하위권 학생에게 수학 예습은 꿈 같은 이야기일 수 있다. 하지만 다니엘 아침형 학습의 7단계에 온 여러분은 예전의 여러분이 아니다. 이제는 그 꿈 같은 이야기가 하나하나 현실이 될 것이다.

30분 동안 오늘 배울 수학 교과서 문제들을 차근차근 풀어 본다. 잘 이해되지 않고 어려운 부분은 별표를 한다. 그리고 수업시간에 집중해서 듣도록 한다. 사실 굳이 집중하려 하지 않아도 집중하고 있는 자신을 발견하면서 놀랄 것이다. 이렇게 예습을 하면 내용 이해도가 월등히 높아진다. 그리고 내가 미리 공부했다는 자신감이 있기에 수업시간 내내 저절로 집중하게 된다. 내가 예습한 문제를 선생님이 풀어 보라고 시켰을 때 예전에는 풀지 못해 창피를 당했지만 이제는 자신 있게 그 문제를 풀어 냄으로써 내가 변하고 있다는 것을 학생들과 선생님들께 보여줄 수 있다. 그때의 성취감과 짜릿함은 쉽게 잊혀지지 않을 것이다. 굉장한 기쁨이 몰려온다.

이런 방식으로 하위권 학생들이 3개월만 공부한다면 금세 중위권으로 올라가게 될 것이다. 그리고 3개월 더 7단계를 지속한다면 상위권으로 도약하게 될 것이다. 출강하는 학원에서 실제로 다니엘 아침형 학습법을 적용하여 학생들에게 수학을 가르치면서 나는 엄청난 변화들을 목격했다. 이제 여러분이 그 주인공이 될 차례다. 나에게 직접 강의를 들을 수 없는 학생들은 이 책을 활용하여 그대로 따라 공부한다면 여러분의 성적은 상상 이상으로 높아지게 될 것임을 확신한다. 이 책은 학생들을 대상으로 실제로 검증된 내용을 다루고 있기 때문이다. 이를 위해 나는 일반학원에서의 실전강의를 통해 학생들이 변화되는 모습을 유심히 관찰해 왔다.

이 방식을 따르면서 그 학생의 인생은 물론 그 가정까지 변화되는 것을 보았다. 자녀 교육에는 관심이 많았지만 자녀의 신앙 교육에는 별로 관심 없었던 가정들이 아침에 함께 일어나 함께 소리내어 성경을 5분 통독하고 5분간 서로를 위해 기도한다. 그리고 5분 동안 부모님은 하루 직장 생활 계획과 가정 생활 계획을 세우고 자녀들은 하루 공부를 위한 구체적인 계획을 한 시간 단위로 세운다. 그리고 함께 5분간 스트레칭을 하고 나서 각자 아침공부와 자기계발에 들어간다.

부모님은 성경을 더 볼 수도 있고 다른 책들을 볼 수도 있다. 그리고 외국어 공부를 할 수도 있다. 혹은 부부가 함께 아침운동을 시작할 수도 있다. 다니엘 아침형 학습법을 실천하면 단순히 학생들만 변화하는 것이 아니라 그 가정 전체가 변하게 된다는 사실을 나는 직접 보아 왔다.

그렇기에 나는 확신을 가지고 말한다. **사랑하는 학생 여러분과 학부모님 모두 힘내십시오. 다니엘 아침형 학습법으로 여러분의 학업과 학교 생활과 인생과 가정 모두가 변화될 수 있습니다.**

아래는 실제로 다니엘 아침형 학습법대로 공부하면서 가족이 함께 변화된 경우이다. 나의 강의를 듣는 중1 이현우 학생이 다니엘 아침형 학습법으로 공부하면서 느낀 점을 적은 글이다.

>>> 저는 다니엘 아침형 공부를 하는 한 학생입니다. 다니엘 아침공부에는 많은 장점이 있습니다. 저녁에 피곤함과 스트레스에 싸여 지친 몸으로 공부하는 것보다 5배의 효과를 낼 수 있습니다. 엄청나고 획기적인 것입니다.

저희 집은 저의 다니엘 아침공부의 시작을 통해, 새롭게 변화했습니다. 모두들 아침 일찍 일어나 부모님은 헬스클럽이나 새벽예배를 가시고 형과 저는 공부를 합니다. 그리고 그게 습관화되어 지금은 '왜'라는 의문 없이 자연스러운 일상이 되었습니다.

그런데 아침에 일어나는 습관이 몸에 배어도 공부를 하지 않으면 소용이 없습니다. 그렇기 때문에, 매일 아침 30분 가량 다니엘 마음관리를 합니다. 15분 성경을 읽고, 15분 기도를 하는 식의 마음관리입니다. 그리고 《다니엘 마음관리 365일》을 보면서 하루의 마음을 다잡고 하루 공부 계획을 세웁니다.

교회를 다니지 않아 성경을 읽지 않는다면 김동환 선생님의 《다니엘 마음관리 365일》을 읽고 마음관리를 하면 됩니다. 시간이 없어서 공부를 하지 못하는 한이 있더라도, 마음관리를 해야 생활의 변화가 생겨날 것입니다. 그런데 만약 마음관리 시간을 가볍게 무시하고 그냥 공부를 하면 아침공부 습관이 잘 들지 않을 것입니다.

아침공부를 할 때는 주로 수학을 합니다. 우리나라는 아직 수학의 비중이 높습니다. 수학은 정신이 말짱하고 집중력이 높을 때 공부하는 것이 좋습니다.

내 삶에 180도 변환점이 된 다니엘 아침공부를 전 절대 못 잊을 것입니다. 이제 다음과 같은 말로 이 글을 끝맺겠습니다.

공부의 정점에 오른 많은 사람들, 최고라는 이름 앞에는 무언가 다른 것이 있습니다. 남들과는 무언가 많은 면에서 다릅니다. 그런데 그들 대부분은 아침공부를 변환점으로 삼고 공부하고 있습니다. 이제 우리도 다니엘 아침형 공부로 달라질 때입니다.

중1 이현우

중위권 학생의 경우

이제 중위권 학생의 공부 방법을 생각해 보자. 중위권 학생의 경우 3개월 정도 다니엘 아침형 공부 7단계를 유지한다면 확실히 상위권에 도달할 수 있다. 3개월 동안 매일 아침 100분 수학 공부를 한다는 것은 자신의 수학 성적만 향상시키는 것이 아니라 자신의 미래도 변화시키는 엄청난 힘을 가지고 있다. 인생 자체를 새롭게 하는 힘이 있다. 우선 '45분 공부, 10분 휴식, 45분 공부' 하는 방법을 기본 계획으로 삼는다. 만약 이것이 너무 힘들다면 하위권의 기본 계획을 적용하는 것도 무난하다.

일단 첫 번째 45분 동안 수학 예습을 한다. 앞으로 나갈 범위의 수학 공부를 수학 교과서와 교과서보다 약간 어려운 문제집을 가지고 공부한다. 예습을 하다가 잘 이해되지 않고 답을 봐도 모르는 문제는 별표한다. 그 다음 10분 휴식시간을 가진다. 10분은 적은 시간이 아니다. 밖에 나가서 5분간 산책과 5분 스트레칭을 할 수 있다. 5분 줄넘기, 5분 스트레칭을 할 수도 있다. 10분간 신선한 아침공기를 마시며 45분 동안 긴장된 몸과 마음을 이완하도록 한다.

꿈의 노트 활용방법

두 번째 45분 동안에는 별표한 문제들을 심도 있게 다시 풀어 본다. 꿈의 노트에 적힌 문제들 중심으로 다시 반복해서 푼다. 꿈의 노트에 적어 놓은 문제들을 다시 풀 때 쉽게 풀리는 문제들과 그래도 약간 어려운 문제들이 나타난다. 쉽게 풀리는 문제는 동그라미를 해서 다음에 볼 때는 다시 보지 않아도 된다. 하지만 약간 어려운 문제에는 별표를 하나 더 해서 다음에 다시 확인한다.

45분 동안 꿈의 노트와 씨름하는 시간이 바로 여러분의 꿈의 열매들이 힘차게 익어가는 시간이다. 비록 그 과정이 힘들고 어렵지만 그 대가는 확실하다. 눈물로 씨를 뿌리는 자는 반드시 기쁨으로 거두게 된다. 그것이 바로 하나님의 법칙이다.

| 시 126:5 |

눈물을 흘리며 씨를 뿌리는 자는 기쁨으로 거두리로다.

Those who sow in tears shall reap with joyful shouting.

힘이 들더라도 45분 동안은 여러분의 인생이 변화되는 시간이기에 견뎌야 한다. 그리고 나에게 어려운 문제는 다른 사람에게도 어렵다는 사실을 기억하자. 반복해서 틀리는 문제는 시험에도 자주 출제된다. 나의 약점을 보완하는 시간이기에 그 재미를 알게 되면 별표한 문제를 푸는 재미가 상당히 쏠쏠할 것이다. 꿈의 노트와 씨름하는 재미를 알게 되면 이제 아침 수학 공부 시간이 기다려질 정도가 될 것이다. 거기까지 이르기 위해서는 인내가 필요하다. 인내 없이 이루어지는 것은 아무것도 없다.

포기하고 싶을 때, 자고 싶을 때, 주저앉고 싶을 때 여러분의 미래와 하나님께서 주신 비전을 더욱 깊이 생각해 보며 한 번 더 참고 견뎌 주기를 간곡히 부탁한다. 지금까지 다니엘 아침공부를 성공적으로 해 오지 않았는가? 지금 포기하기엔 너무나 아깝다. 좀 더 힘을 내야 할 시기다. 지금 인내하는 것은 여러분의 꿈과 비전에 생명을 불어넣는 것과 같은 일이다.

닭은 힘들어도 계속 알을 품는다. 아무리 지치고 힘들어도 꾹 참는다. 왜냐하면 알에 생명을 불어넣는 과정이기 때문이다. 닭이 알을 품다 힘들어서 포기하면 그 알은 죽어 버린다. 마찬가지로 여러분도 힘들다고, 지쳤다고 도중에 포기하면 여러분의 꿈과 비전 역시 사라져 버리게 될 것이다.

>>> 다음은 송나라 성리학의 대가 주자의 글입니다. 제가 공부가 힘들 때마다, 포기하고 싶을 때마다 보고 또 보던 글입니다. 공부하는 것이 어떤 것인지 알기 쉽게 비유하였고, 깊은 통찰력이 돋보이는 글입니다.

"만일 아직 학문에 입문하지 못한 상태라면 다그쳐 공부해서도 안 되고 쉬엄쉬엄 공부해서도 안 된다. 이 도리를 알았다면 모름지기 중단하지 말고 공부해야 한다. 만일 중단한다면 공부를 이루지 못하나니, 다시 시작하자면 또 얼마나 힘이 들겠는가. 이는 비유컨대 닭이 알을 품는 것과 같다. 닭이 알을 품고 있지만 뭐 그리 따뜻하겠는가. 그러나 늘 품고 있기 때문에 알이 부화되는 것이다. 만일 끓는 물로 알을 뜨겁게 한다면 알은 죽고 말 것이며, 품는 것을 잠시라도 멈춘다면 알은 식고 말 것이다."

－ 주자

공부는 닭이 알을 품는 것과 정말 비슷합니다. 한꺼번에 욕심을 내서 빨리 부화를 시킨다고 뜨거운 물에 넣으면 알은 부화되기는커녕 죽게 됩니다. 공부도 하루아침에 성적을 올리기 위해 몸과 마음을 무리한 계획 속에 집어넣게 되면 며칠 못 버티다가 공부할 의욕마저 상실하게 됩니다. 공부하는 것이 싫다고 공부

급하다고 끓이면 병아리 구경은 평생가도 못해～!

하는 것을 멈추게 되면 그동안 쌓아 온 공든 탑이 금세 무너져 버립니다. 마치 알을 품다가 그만두면 알이 결코 부화되지 않는 것과 같습니다.

사랑하는 여러분, 높은 꿈과 희망을 바라보며, 꾸준히 밥을 먹듯이 아침공부를 하십시오. 닭은 알을 품습니다. 힘들어도 끝까지 품습니다. 왜냐고요? 귀한 생명이 새롭게 나올 것을 믿고 기대하며 희망하기 때문입니다. 여러분의 귀한 희망과 꿈이 힘들지만 열심히 인내하며 아침을 깨우는 여러분에게 현실로 다가오고 있습니다. 그날을 기다리며 조금만 더 힘내세요.

– 《다니엘 마음관리 365일》 중에서

상위권 학생의 경우

상위권 수학 실력을 지닌 학생들은 '45분 공부, 10분 휴식, 45분 공부' 또는 '40분 공부, 10분 휴식, 50분 공부'와 같은 방법을 기본으로 삼는다. 우선 첫 번째 공부 시간에는 약점 보강 위주로 심도 있는 문제와 씨름하도록 한다. 상위권 실력을 가진 학생은 어느 정도 공부 습관과 저력이 있는 학생이므로 머리가 맑을 때 어려운 문제들과 정면승부를 벌이는 것이 좋다.

보통 심도 있는 문제와 제대로 씨름하려면 최소 5분 이상이 필요하다. 따라서 45분이라고 해도 10문제도 풀지 못할 수 있다. 하지만 이런 질적인 공부가 선행되어야 수학의 최상위권에 도달할 수 있다. 매일 아침 이렇게 어려운 문제들과 씨름하다 보면 어느새 나도 모르게 전교에서 수학을 제일 잘하는 학생으로 통하게 될 것이다. 그리고 앞에서 이야기한 박영란 학생의 경우*처럼 수학 모의고사에서 만점을 받을 수도 있다.

이처럼 다니엘 아침형 학습 7단계 공부의 힘은 상상을 초월한다. 하나님이 주신 평안함과 지혜 속에서 수학 문제 하나하나를 풀어갈 때마다 나의 미래는 새로워진다. 힘들더라도 결실의 시간이기에 참고 자신과의 싸움에서 지지 않기를 바란다.

최강의 수학 공부법–삼겹줄 공부법

10분간 휴식 후 두 번째 수학 공부 시간에는 예습 위주로 공부한다. 앞으로 배울 내용들을 착실하게 45분 동안 풀어 본다. 예습할 때는 학교 교과서와 수학 자습서, 그리고 중급 이상 난이도의 문제집을 가지고 공부하도록 한다. 이때 개념 정리를 꼼꼼히 하도록 한다. 예습할 때 잘 이해되지 않았거나 어려웠던 부분들은 꼭 그날 학교 선생님이나 친구들을 통해 이해하고 넘어가도록 한다. 그리고 그 다음날 아침 첫 번째 공부 시간에 다시 반복하여 별표한 문제를 확인하도록 한다. 이렇게 예습, 질문, 복습의 삼겹줄 공부 방법을 쓰면 별표한 문제는 더 이상 두려운 문제가 아닌 내가 가장 잘 풀 수 있는 비장의 카드로 자리매김하게 된다. 이런 과정을 통해 최상위 수학 실력을 가질 수 있다.

■ 이 책 p. 83~85 참고.

상위권 학생들에게 부탁하고 싶은 한 가지

상위권 학생들에게 부탁하고 싶은 것이 있다. 다니엘 아침형 학습법에 따라 공부하는 여러분만이라도 부디 친구들이 잘 모르는 문제를 질문해 올 때 시간 없다고 모른 척하지 말아 주길. 자기 공부 시간이 아까워 다른 친구들이 물어 올 때 가르쳐 주지 않고 자기 공부만 하는 것이 요즘의 현실이라 해도 거기 물들지 않기를 바란다.

진정한 리더를 꿈꾸는 여러분은 자신만을 위해 공부해서는 안 된다. 비록 시간이 들더라도 여러분을 믿고 질문하는 친구들의 부탁을 외면하지 말라. 여러분에게는 별로 대수롭지 않은 부탁일지라도 부탁하는 사람에게는 절실한 문제일 수 있다. 아무리 친구 관계가 형식적이 되고 얄팍해졌다 해도 여러분은 거기 휩쓸리지 말고 도와주길 바란다.

많은 사람들이 좋은 친구를 사귀고자 노력한다. 그러나 정작 본인은 좋은 친구가 되기를 원하지 않는다. 예수님께서 말씀하신 인생 성공의 황금률을 잊어서는 안 된다. 우리가 무언가를 몰라서 친구들에게 물어보려고 할 때 그 친구가 알면서도 시간 없다고 알려주지 않는 설움을 자신이 당하게 될 수도 있다. 그때 여러분은 어떤 마음이 들겠는가.

| 마 7:12 |

그러므로 무엇이든지 남에게 대접을 받고자 하는 대로 너희도 남을 대접하라. 이것이 율법이요 선지자니라.

Therefore, however you want people to treat you, so treat them, for this is the Law and the Prophets.

예수님의 이 말씀은 여러분이 어떤 종교를 가졌든 간에 인생을 살아가는 데 꼭 필요한 말씀이다. 그래서 우리는 이것을 인생의 황금률이라 부른다. 이 책을 보는 모든 학생들이 이 말씀을 마음 깊이 선명하게 새겨 두기를 바란다. 그리고 피상적인 친구 관계에 만족하지 말고 정말 상대를 배려하고 도울 줄 아는 진정한 친구로 거듭나기를 부탁한다. 어려울 때 서로 돕고 격려하며 기쁠 때 그 기쁨을 마음껏 흔쾌히 나눌 수 있는 친구들이 되기를 부탁한다. 다음은 진정한 우정의 아름다움을 보여주는 글이다. 여러분도 이런 친구가 꼭 되기를 간절히 소원한다.

>>> '기도하는 손'이라는 유명한 그림은 헝가리 금 세공인의 아들인 알베르트 뒤러의 작품입니다. 대부분의 천재들이 그러하듯, 이 예술가에 대한 이야기도 사실과 허구가 엮어져 오늘 우리가 알고 있는 전설이 되었지요.

그와 방을 함께 썼던 친구를 비롯하여 그를 알았던 사람들은 그를 알베르트라 불렀습니다. 알베르트는 친구 한 명과 같은 집에 살았습니다. 하지만 두 사람은 미술 공부를 하면서 부업으로 돈을 약간씩 벌었는데, 그걸로는 방세와 식비, 옷값 등 생계를 꾸려가기가 힘들었습니다.

그래서 알베르트는 한 가지 제안을 했지요. 친구가 공부를 마칠 때까지는 자신이 일을 해서 두 사람에게 필요한 돈을 벌고, 친구가 공부를 마쳤을 때에는 친구가 일을 해서 자신이 공부를 마칠 수 있도록 지원해 주는 것이 어떠냐는 것이었습니다.

친구는 그 제안에 기꺼이 찬성했으나, 자기가 먼저 일할 테니 알베르트는 공부를 계속하라고 고집하였습니다. 계획은 실행되었고 머지않아 알베르트는 숙련된 화가이자 조각가가 되었지요.

그래서 알베르트는 어느 날 집으로 돌아와서 이제 자신이 친구가 미술 공부를 할 수 있게 생계를 책임질 차례가 되었다고 선언했습니다. 그러나 힘든 노동 덕분에 친구의 손은 너무나 많이 상해서 더 이상 붓을 잡고 좋은 솜씨로 그림을 그릴 수가 없었습니다. 예술가로서 그의 길은 끝난 것이지요.

알베르트는 친구가 겪고 있는 절망에 몹시 슬퍼했습니다. 그러던 어느 날, 알베르트가 집으로 돌아왔을 때 친구의 기도 소리를 듣게 되었습니다.

"하나님, 제 손이 비록 이렇게 되었지만 사랑하는 친구 알베르트가 훌륭한 화가가 되게 해 주신 것 진심으로 감사드립니다."

경건한 기도를 올리고 있는 친구의 손을 보게 되었습니다. 그 순간 알베르트는 친구의 '기도하는 손'을 그리고 싶은 영감을 받았지요. 친구의 잃어버린 감각은 비록 되찾을 수 없겠지만, 그림을 통해서 친구가 자기를 위하여 행한 자기희생적인 노동에 대한 존경과 사랑을 표현할 수 있을 것이라고 느꼈습니다. 또한 다른 모든 사람들이 이 그림을 통해서 누군가의 희생과 나눔에 대해 감사하는 마음을 가질 수 있으리라는 생각도 했고요.

이 이야기는 이제 전설이 되었습니다. 물론 나는 이 이야기가 사실인지 아닌지 증명할 수 없습니다. 하지만 얼마나 아름다운 이야기인지요! 자기희생은 사랑의 표시이며, 이 바쁜 21세기 한국이라는 성적지상주의 세상에서는 그다지 자주 볼 수 있는 일이 아닙니다. 흔하지 않더라도 진정한 사랑은 사람을 살릴 수 있습니다.

진정한 사랑은 공부 스트레스로 자살을 시도하는 내 친구를 살릴 수 있습니다. 공부가 인생의 전부가 아닙니다. 물론 중요하지요. 하지만 진정한 사랑과 우정만큼 소중한 것은 없답니다. 여러분의 귀한 사랑을 담아 친구에게 격려의 메시지를 보내주세요. 그것을 통해 오늘 하루 우리네 삶이 더 아름다워질 것입니다.

– 《다니엘 마음관리 365일》 중에서

친구의 어려움을 도와주는 일의 유익함

친구가 모르는 문제를 잘 가르쳐 주는 것은 학습적 측면에서도 **본인에게 매우 도움이 된다.** 우선 친구들이 묻는 문제들을 가르쳐 주다 보면 자신도 복습이 된다. 그리고 다른 친구들에게 가르쳐 줌으로써 내가 알고 있는 지식이 보다 내 안에서 유기적으로 연결되어 더욱더 확실한 내 실력이 된다. 무엇보다 다른 사람을 돕는 일은 빛과 소금의 역할을 해야 할 21세기 다니엘을 꿈꾸는 여러분들이 마땅히 해야 할 일이기도 하다.

말로만 복음을 전해서는 21세기 청소년들은 교회에 잘 오지 않는다. 우리가 몸소 삶으로 실천해 보일 때 그들이 감동을 받아 교회에 나오게 된다. 친구 초청 새생명 축제를 할 때 이기적인 크리스천은 주변에 친구가 없어서 초청하고 싶어도 초청할 사람이 없다.

이기적인 사람은 사람들이 싫어한다. 더욱이 이기적인 크리스천은 더더욱 싫어한다. 나는 상위권 수학 실력을 가진 여러분이 좀더 많은 학생들에게 도움을 주길 바란다. 여러분에게 찾아오는 수학 질문을 기쁘게 맞이할 때 여러분이 전하는 복음의 문도 동시에 열린다는 사실을 기억하기 바란다.

제7단계를 마무리하며

다니엘 아침형 학습 7단계 5일 과정을 한 번의 실패도 없이 모두 마친다는 것은 정말 놀라운 일이다. 정말 무척이나 감사한 일이다. 하나님의 은혜이다. 기적과 같은 일이 현실이 된 것이다. 이 과정을 모두 마친 여러분에게 진심으로 축하의 말을 전한다. 여러분은 이제 여러분의 미래와 꿈이 아주 선명하게 보이게 될 것이다. 과거에는 막연하고 불안했던 여러분의 미래의 꿈이 이제는 현실처럼 선명하게 나를 바라보고 있음을 느낄 것이다. 다니엘 아침형 학습 7단계를 마친 사람들에게 하나님께서 주시는 특별한 선물인 것이다.

만약 7단계 훈련과정 중에서 실패한 날이 있다면 실패한 횟수가

3번 이하일 경우에는 7단계를 지속적으로 훈련하면 된다. 30일을 채운 날에는 다니엘 아침형 학습법 30일 마스터 수료증을 본인에게 주도록 한다. 그리고 이 수료증을 수여할 때는 가급적 부모님도 함께 참여하여 축하해 주었으면 한다. 온 가족이 그날을 축제의 날로 삼아도 좋겠다. 그리고 부모와 자녀가 서로 손잡고 감사기도하는 시간을 가지도록 한다. 우리의 힘과 노력만으로는 이렇게 공부할 수 없기 때문이다. 눈에 보이지 않지만 살아계신 하나님께서 도와주셔야만 우리는 이 과정을 잘 마칠 수 있다.

삼겹줄 패밀리 시스템 활용

" 부모님들께서는 자녀에게 축하선물도 준비해 주시면 좋겠습니다. 그리고 지금부터 7단계 과정을 앞으로 70번을 더 한 뒤 100번 기념 특별행사도 가지면 좋을 것입니다. 이렇게 자녀들에게 지속적으로 격려와 관심을 가져 주시길 바랍니다. 혼자의 힘은 약하지만 '삼겹줄'의 힘은 강하기 때문입니다. 부모와 자식과 하나님 이 세 겹이 모이면 정말 그 힘은 막강합니다. 부모님의 눈물의 기도만큼 자녀를 변화시키는 것이 이 세상에 또 어디 있을까요? "

| 전 4:12 |

한 사람이면 패하겠거니와 두 사람이면 능히 당하나니 삼겹줄은 쉽게 끊어지지 아니하느니라.

다니엘 아침형 학습 100번의 힘

매주 내가 출강하는 학원 학생들에게 나는 특별한 형식의 출석부를 돌린다. 거기에는 이름, 목표 대학, 희망 학과, 꿈, 횟수를 적게 되어 있다. 여기서 횟수는 바로 다니엘 아침형 학습법에 따라 아침공부한 횟수를 의미한다. 그렇게 매주 학생들이 다니엘 아침형 학습법으로 공부하도록 동기를 부여하고 유도한다. 그렇게 강의를 하는 동안 7단계 공부 횟수가 200번이 넘는 학생들도 있고 100번이 넘는 학생들도 생기게 되었다.

100번이 넘는 학생들의 특징은 모두 이제 공부에 확실한 자신감을 가지게 되었다는 것이다. 모두 한국에서 가장 좋다는 학교를 목표로 공부하고 있다. 정말 우수한 학생들이 된 것이다. 200번이 넘은 학생은 더 말할 필요도 없다. 이 학생들은 더 높은 단계를 바라보고 공부하고 있다. 바로 한국에서 내가 원하는 대학, 원하는 학과 어느 곳이라도 지원하면 합격하는 전국 등수 100등—일명 대기권 돌파—을 목표로 공부하고 있다.

강의를 듣는 학생들 중에서 다니엘 아침공부를 200번 넘게 한 학생들 대부분은 현재 자기 학년보다 한 학년 혹은 두 학년 빠르게 영어, 수학 진도를 나가고 있다. 수박 겉 핥기식으로 대충대충 진도만 빨리 나간 것이 아니다. 예를 들어 수학의 경우 매학기 문제집 6권 이상을 완벽하게 다 풀고 그 범위에서 나온 수학 시험을 통과해야만 월반이 가능하다. 이 과정을 다 끝마치고 다음 학기, 다음 학년으로 넘어간 것이다.

6학년 방승우라는 학생은 8-나 과정을 거의 완벽하게 마쳤다. 실제로 중2 학생들과 함께 시험을 봐도 2등 안에 들 정도로 실력이 출중하다. 그리고 현재는 중3 수학 진도를 나가고 있다.

다니엘 아침 수학 공부를 꾸준히 하다 보면 수학 실력이 계속 쌓이게 된다. 계속 실력이 쌓이다 보면 자기 학년은 금세 마스터해 버리게 된다. 그러면 다음 학년 진도를 나가지 않으려고 해도 더 할 것이 없어서 나가게 된다. 이렇게 미리 탄탄하게 한 학년, 두 학년 공부를 제대로 해놓으면 기분 좋고 여유 있게 자기 학년 시험은 100점을 받을 수 있게 된다.

방승우 학생이 다니엘 아침형 학습을 꾸준히 하면서 느낀 점을 전해 주었다. 방승우 학생은 다니엘 아침공부를 매주 7번씩 꾸준히 하는 학생이다. 현재 그 횟수가 200번이 넘었다.

>>> 내 이름은 방승우, 초등학교 6학년이다. 나는 김동환 선생님을 만나고 나서부터 다니엘 아침공부를 시작하게 되었다. 이제 다니엘 아침공부를 한 지 10개월이 되어 간다. 나는 아침공부를 하는 동안 생활에 엄청난 변화가 일어났다.

많은 책에서 아침공부, 즉 저녁형 인간보다는 아침형 인간이 되라고 강조하듯이 저녁에 공부하는 것과 아침에 공부하는 것은 많은 차이가 있다. 저녁에는 학교 수업을 끝내고 학원까지 다녀와야 하기 때문에 집에 오면 매우 피곤하다. 때문에 집에 와서 공부하려고 해도 공부가 되지 않고 졸음만 쏟아진다. 하지만 이른 아침에 공부하면 충분히 수면을 취하고 일어난 상황이기 때문에 정신이 더욱 말끔하고 집중이 잘된다. 피곤한 상황에서 1문제를 겨우 풀 시간에 3~5문제를 풀 수 있다. 그리고 정말 신기하게도 정신만 제대로 차리면 어렵던 문제가 풀리는 경우가 많다.

아침형으로 변화하기 위해서는 노력이 필요하다. 체질을 바꿔야 하는데 그것이 쉽지만은 않다. 하지만 2~3개월 정도 지나게 되면 그것이 거의 생활화된다. 그러면 정말 비교할 수 없을 정도의 효과가 나타난다. 먼저 게으른 마음이 없어진다. 이런 마음은 우리에게 독이다. 성경에서도 "좀더 자자, 좀더 졸자, 손을 모으고 좀더 눕자 하면 네 빈궁이 강도 같이 오며 네 가난함이 군사 같이 이르리라."고 했다. 나는 다니엘 아침공부를 하게 되면서부터는 아무래도 일찍 일어나야 하고 그러려면 일찍 자야 하니 어른들이 그처럼 강조하는 규칙적인 생활을 자연스럽게 실행하게 되었다. 그러므로 일찍 자라는 엄마의 잔소리도 없어지게 되었다.

아침공부를 하려면 일찍 일어나야 하니 그날 생활하기가 피곤하겠다고 생각할 수도 있다. 하지만 결코 아니다. 다니엘 아침공부를 하면 그날의 컨디션을 아침 일찍 찾게 되고 자다 깨서 비몽사몽인 채로 학교에 가는 것이 아니기 때문에 오히려 그날의 수업에 더 집중할 수 있으며, 하루를 맑은 정신으로 지낼 수 있다.

또 TV를 보거나 컴퓨터 등을 하는 시간을 줄이게 된다. TV는 대개 밤 10시쯤부터 재미있는 프로그램을 시작한다. 하지만 아침공부를 하려면 일찍 자야 하니 스스로 TV 보는 습관을 자제하게 된다. 정 보고 싶다면 김동환 선생님 말씀처럼 녹화해서 보면 된다. 컴퓨터도 마찬가지다. 다니엘 아침공부를 하면 TV 시청은 물론 다른 것까지도 자제하는 능력이 생기게 된다. 물론 처음에는 다 어렵긴 하다.

아침공부를 하면서 무작정 암기과목 등 아무거나 공부해선 안 된다. 아침은 다 알다시피 집중이 제일 잘 되는 시간이다. 나도 느낄 수 있다. 비록 처음에는 힘들었지만 약간의 시간이 지나니 그때가 정말 소중한 시간이라는 것을 느꼈다. 아침 1시간이 집중만 되면 적어도 저녁의 3배는 할 수 있다. 이런 시간에 암기과목을 하는 것은 시간 낭비다.

이럴 때는 수학을 하는 것이 좋다. 나의 경우 아침공부를 3시간 하는데 학교 다닐 때는 사정상 1시간은 영어를 하지만 방학때는 수학만 한다. 이때 수학을 하면 정말 저녁에 피곤한 상태로 수학을 3시간 하는 것보다 1시간만 해도 엄청난 성과를 얻을 수 있다. 게다가 수학은 문제 풀이 위주다. 아무리 이론을 알아도 문제 풀이를 접하지 않는다면 아무 소용없다. 그러니 아침시간에 문제 풀이를 하면 보다 쉽게 할 수 있고, 수학공식들이 머릿속에 잘 들어온다.

이렇게 6개월 정도 하다 보니 수학에 자신감도 생기게 되었다. 특히 실수에 대한 두려움이 사라졌다. 다니엘 아침공부를 하기 전에는 교과 수업만 따라가기도 급급했는데 꾸준히 하다 보니 교과 공부는 잠깐만 하면 되고 현재 중2 수학을 마무리하고 중3 수학을 공부하고 있다. 다니엘 아침공부가 아니면 꿈도 꾸지 못할 이야기다. 이렇게 중1, 중2, 중3 수학을 하다가 6학년 교과 공부를 하게 되면 아무리 어려운 문제도 별로 어렵다고 느끼지 못한다.

이런 다니엘 아침공부를 통해 나는 학교 수학경시대회에서 100점 맞게 되었다. 또 아침공부를 4~5개월만 하면 기초를 탄탄히 하기에 충분하다. 나도 4~6개월 동안 아침공부를 통해서 4, 5, 6학년 수학을 모두 마스터할 수 있었다.

다니엘 아침공부에서 가장 중요한 것을 말하고 싶다. 이것이야말로 다니엘 아침공부의 핵심이다. 바로 다니엘 마음관리 시간이다. 나 같은 경우 다니엘 마음관리를 하지 않은 적은 없다. 하지만 어떤 때 가끔 피곤해서 제대로 성경 말씀을 소리 내어 읽지 못하고 그냥 읽은 적이 있다. 그런데 졸린 상태에서 소리 내어 읽지 않고 눈으로만 볼 때와 정신을 바짝 차리고 기도하고 말씀을 읽었을 때는 커다란 차이가 있었다. 아침공부에 임했을 때의 마음상태의 차이를 느낄 수 있었던 것이다.

제대로 마음관리를 한 날은 공부할 때 마음이 편하고 왠지 든든한 마음이 들어 걱정 없이 편안하게 최고의 집중력으로 공부할 수 있다. 하지만 다니엘 마음관리를 대충 한 날은 왠지 걱정이 많고 집중을 하려고 해도 잘 되지 않았다. 결국 그런 날은 공부를 해도 꽉 찬 마음이 없고 허전한 마음이 든다. 게다가 괜히 짜증나고 피곤하다.

공부할 때 가장 중요한 것은 마음상태라는 것을 절대 잊어서는 안 된다. 이처럼 마음관리 시간은 다니엘 아침형 학습에서 가장 중요한 시간이라고 생각한다. **초등학교 6학년 방승우**

6단계로 내려가는 것을 두려워 말라

7단계 과정에서 실패한 횟수가 4번 이상인 학생들은 6단계를 다시 마스터한 후에 7단계에 새롭게 도전하도록 한다. 충분히 6단계에서 훈련한 뒤 다시 7단계에 와도 늦지 않다. 인간은 누구나 완벽하지 않다. 시행착오와 실패를 부끄러워 말라. 그것을 통해 교훈을 배우면 실패도 약이 된다. 아직 끝난 것이 아니다.

>>> 1952년에 에드먼드 힐러리는 세계 최고봉인 8,700미터 높이의 에베레스트 정복에 도전했다. 그런데 도전에 실패하고 나서 얼마 뒤 그는 영국의 어떤 모임에서 강연 요청을 받았다. 연단 앞으로 걸어 나간 힐러리는 주먹을 들어 벽에 걸린 에베레스트 사진을 향해 큰 소리로 외쳤다.

"에베레스트여, 처음엔 네가 날 이겼다. 하지만 다음번에는 내가 널 이기겠다. 왜냐하면 넌 이미 성장을 멈췄지만 난 계속해서 성장하고 있기 때문이다!"

불과 한 해 뒤 5월 29일에 에드먼드 힐러리는 에베레스트 최초 동반자로 역사 속에 기록되었다.

알버트 아인슈타인은 다섯 살 때까지 말을 하지 못했으며, 여덟 살이 될 때까지 글을 읽지 못했다. 그의 교사는 그를 "정신 발달이 늦고, 남들과 잘 어울리지도 못하며, 어리석은 몽상 속에서 언제까지나 헤매다닌다."고 표현했다. 그는 마침내 학교에서 퇴학을 당했으며, 취리히 과학기술전문학교에 입학을 시도했으나

거부당했다.

월트 디즈니는 아이디어가 부족하다는 이유로 신문사 편집장에게 해고를 당했다. 또한 디즈니랜드를 세우기 전에 여러 차례 파산을 경험했다.

《전쟁과 평화》의 작가 레오 톨스토이는 대학생 시절에 성적 불량으로 퇴학을 당했다. 그는 교수들로부터 "배울 만한 실력도 없을 뿐더러 배우려는 의지조차 없다."는 평가를 받았다.

자동차왕 헨리 포드는 다섯 번이나 실패하고 파산한 끝에 마침내 성공을 이룰 수 있었다.

칼럼니스트 에비 엘린은 〈뉴욕 타임즈〉에 실린 '처음에 성공하지 못한다면 정말 축하받을 일이다.'라는 기사에서 《권력, 돈, 명성, 성(Power, Money, Fame, Sex)》의 저자인 그레첸 루빈의 말을 그대로 인용하고 있다.

"실패는 가장 앞선 자가 되기 위한 대가이다. 예전에는 실패자로 낙인찍히기를 한 번도 원한 적이 없었다. 그러나 이제는 실패는 창조적이고 위험을 감수하는 사람이 겪는 것임을 알게 되었다."

'실패'라는 이름의 티셔츠 등을 100만 달러 이상 팔고 있는 데스페어의 CEO 저스틴 스웰은 "젊은이들은 특히 더 이상 실패를 부끄러워하지 않습니다. 위험을 감수하는 데 따르는 자연적이고 이해할 만한 결과로 인식하고 있습니다. 우리 문화는 한 번도 실패해 보지 못한 비겁자보다는 실패의 위험을 감수하는 사람을 좋게 평가한다고 생각합니다."

예전에 저는 대학에 떨어지고 나서 제 삶을 무척 비관한 적이 있습니다. 고3 때부터 저를 괴롭혀 온 허리 디스크로 저는 무척 수험생활이 힘들었습니다. 시험 당일에도 너무 힘들어서 최상의 컨디션으로 제대로 임하지도 못했습니다. 시험장에서 나오면서 그냥 계속 눈에서 눈물이 나왔습니다. '내가 가진 지식을 제대로 활용도 못해 보고 이렇게 시험을 봐야 하다니.' 하며 억울해했습니다. 중고등학교 시절 나름대로 열심히 한 모든 것이 이렇게 한순간에 무너지는구나 하는 생각에 정말 많이 괴롭고 힘들었습니다.

한동안 그러다가 다시 마음을 추슬러서 공부하기 시작했습니다. 다시 공부를 하면서 물론 여러 가지 어려운 일도 많았습니다. 부모님의 대형 교통사고 등 실패와 좌절을 겪으면서 처음에는 너무나 괴로웠는데 나중에는 오기가 생기더라고요. '그래, 더 이상 내려갈 바닥도 없는데, 이제 다시 한 번 해 보자. 다시 뜻을 정해 해 보자. 아무리 힘들어도 또 해 보자.' 저처럼 소심하고 유약한 사람도 실패를 통해 조금씩 성장하는 것을 알게 되었습니다.

사랑하는 귀한 후배 여러분, 지금 처한 상황이 아무리 힘들고 어려워도 포기하지 마십시오. 실패를 두려워하지 마시고 정면으로 맞서 보십시오. 더 이상 물러날 곳이 없는 사람들은 더 이상 실패가 두렵지 않습니다.

힘을 내십시오. 우리가 정말 두려워해야 하는 것은 실패가 아니라 실패를 두려워하여 새롭게 시도조차 하지 않고 무의미하게

시간을 보내는 일입니다.

- 《다니엘 마음관리 365일》 중에서

다니엘 아침형 학습 7단계를 한번에 패스하지 못한 것 때문에 주눅들 필요는 전혀 없다. 6단계를 다시 한 번 성실하게 마스터한 뒤 7단계에 재도전하기 바란다. 그리고 7단계에 재도전했는데 또 4번 이상 실패한 학생은 될 때까지 6단계를 다시 마스터한 후 또 도전하기 바란다. 그렇게 몇 번의 과정을 겪고 나면 어느새 나도 모르게 연속으로 30일, 40일 꾸준히 다니엘 아침형 학습 7단계 공부를 하는 자타가 공인하는 실력자가 되어 있을 것이다.

다니엘 아침형 학습법을 30일 만에 완성하는 학생도 있지만, 30일 만에 실패 없이 완성하지 못하는 학생들도 많다.

상대적으로 의지가 약한 학생들은 대략 3개월 과정으로 해서 1~7단계의 과정을 세 배로 늘려서 실행하면 중간에 힘들다고 포기하지 않고 끝까지 완성할 수 있을 것이다. 자신의 의지가 보통 정도인 학생이라면 2개월 과정으로 해서 1~7단계의 과정을 두 배로 늘려서 해보기를 권한다. 확고한 의지와 도전의식이 있는 경우에는 책에 나온 대로 30일 과정에 도전하면서 실패한 날만큼만 다시 도전해서 마무리하면 될 것이다.

이렇게 세 개의 과정으로 나누어 30일, 60일, 90일 중 하나를 선택하여 실천한다면 다양한 성향의 학생들도 자신의 마음상태에 따라 적절히 맞춤형으로 도전할 수 있을 것이다. 당연히 성공확률도 높아진다. 몇 번 실패한다고 해서 도중에 그만두지 마라. 실패하면 다시 도전하면 된다. 반면 포기한다면 성공할 확률은 제로(0)가 되어 버린다. 자신의 마음관리 상태를 확인하여 적절하게 자신에게 맞는 단계를 선택해 끝까지 도전한다면 좋은 결과가 있을 것이다.

IV

다니엘 아침형 학습의 성공을 위한 8가지 팁

1.
반신욕을 적극 활용한다

요즘 반신욕, 족욕에 대한 관심이 매우 높다. 홈쇼핑을 보면 무슨무슨 족탕기, 무슨무슨 반신욕 등 참 다양한 제품들이 소개되어 나온다. 나는 반신욕을 시작한 지 6개월 정도 되었다. 아침, 저녁에 두 번 하는 것으로 계획을 세워 하고 있으며, 반신욕을 통해 건강이 좋아지는 것을 실제로 경험하고 있다.

다니엘 아침공부를 효과적으로 하기 위해서 반신욕을 적극 활용하라고 권하고 싶다. 나는 컨디션이 아주 나쁜 상태로 공부할 때는 족탕기를 활용한다. 족탕기의 좋은 점은 공부를 하면서도 사용 가능하다는 점이다. 물론 반신욕을 하면서도 얼마든지 독서와 공부를 할 수 있다. 보통은 주로 반신욕을 한다.

반신욕을 하기 전에 먼저 욕조에 물을 받는다. 온도는 약 40도 정도로 받는다. 그리고 굵은 소금을 넣는다. 굵은 소금을 넣는 이유는 미네랄이 많이 함유된 굵은 소금이 물에 녹아 혈액순환을 향상시켜 주기 때문이다. 개인의 취향에 맞게 다양한 보조재를 넣어도 좋다. 그런 다음 10분 정도 욕조에 들어가 앉아 있다 나온다. 물론 더 길게 할 수도 있지만 저녁 숙면을 취하기 위해 하는 것이니 자신의 계획과 목적에 따라 시간을 조절하면 될 것이다.

반신욕을 마치면 가볍게 샤워를 한 후 몸을 닦고 나서 잠옷으로 갈아입고 양말을 신는다. 몸 전체 온도보다 하체의 온도가 낮기에 반신욕을 해서 하체의 온도를 올린 것이므로 올라간 온도를 유지하기 위해 양말을 신는다.

이렇게 반신욕을 하고 난 후 자기 전 마음관리 시간을 갖고 잠자리에 든다. 반신욕 후에 숙면을 취할 수 있기에 아침에 일어나는 것이 습관이 되어 있지 않은 학생들도 좀더 가볍게 원하는 아침시간에 일어날 수 있을 것이다. 반신욕의 원리와 방법은 다음과 같다.

반신욕은 몸의 혈액순환을 도와주어 하체의 온도를 올려 주고 상체의 온도를 낮추는 목욕법이다. 대부분의 사람들은 하반신의 체온이 상반신보다 $5\sim6\,^{\circ}\mathrm{C}$ 정도 낮기 때문에 반신욕으로 체온의 균형을 잡아 주어 혈액순환을 도와주는 것이다. 원활한 혈액순환을 통해 신체가 따뜻해지면 마음의 편안함도 찾을 수 있다. 반신욕은 숙면을 취하게 만들어 피로회복에 매우 효과적이다. 고혈압이나 심장 질환 환자, 여성의 생리불순이나 생리통에도 좋다.

1. 물의 온도는 따뜻한 정도인 $38\sim41\,^{\circ}\mathrm{C}$ 로 한다.

2. 입욕 전 물이나 음료수를 1~2컵 섭취함으로써 수분 보충을 한다.

3. 욕조에 들어가기 전 먼저 발에서부터 점점 위로 따뜻한 물을 부어 갑작스런 혈압 상승을 막는다.

4. 명치 부분 아래까지만 몸을 담근다.

5. 최소 10분에서 30분까지만 하는 것이 좋다.

6. 상체에 한기가 느껴질 경우 수건으로 상체를 덮는다.

7. 목욕 후 긴 바지를 입고 양말을 신어 하반신의 따뜻한 체온을 유지하고 상의는 반팔을 입어 서늘하게 한다.

8. 반신욕 후에도 물을 1컵 정도 마셔 수분 공급을 한다.

반드시 반신욕 후에는 체온 유지에 힘써서 감기에 걸리지 않게 유의한다.▪

▪ 김동환, 《김동환의 다니엘 건강관리법》 (고즈윈, 2004) p. 236.

2.
휴대전화, 홈오토메이션 등
첨단 문명을 활용한다

요즘 휴대전화는 첨단기능의 복합체이다. 사진도 찍고 음악도 듣고 인터넷까지 할 수 있다. 아침에 일어나기 위해서는 알람이 필요하다. 과거에는 주로 알람시계를 많이 사용하였으나 이제는 휴대전화가 알람시계를 대체한다. 아침에 휴대전화에서 울리는 소리를 듣고 잠에서 깨어난다.

알람시계 벨소리는 잠자던 사람을 너무 깜짝 놀라게 하면서 깨우기에 신경이 날카로워지게 만들기도 한다. 이른 아침 알람이 크게 울려서 깜짝 놀라 깨긴 했지만 자연스럽게 잠에서 벗어나지 못해 한때는 몸과 마음이 무겁기도 했다. 그런데 요즘은 좋아하는 음악을 휴대전화에 저장해 두었다가 내가 원하는 아침시간에 다양한 시간 간격으로 음악이 흘러나오도록 해 두었다. 그래서 아침에 일어나는 것이 더 즐겁고 편리해졌다.

더욱이 요즘엔 기술이 더욱 좋아져서 시간을 맞추어 두면 아침에 형광등 불이 알아서 켜지는 집도 상당수다. 일명 홈오토메이션 혹은 유비쿼터스 기능이다. 아침이 되면 시간을 맞춘 오디오에서 음악이 나오고 불이 켜진다. 커튼도 시간에 맞추어 열린다. 참 신기하다. 이렇게 하면 아침에 일어나기가 더욱 쉬울 것이다.

물론 나처럼 이런 기능이 없더라도 얼마든지 아침에 더 즐겁고 편리하게 일어날 수 있다. 휴대전화가 없는 집은 거의 없기 때문이다. 만약 휴대전화가 없다면 근처 시계점에서 좀더 벨소리가 좋은 알람시계를 구입하면 된다.

요즘 알람시계는 무척 다양해져서 시끄러운 벨소리 말고 다양한 음악소리가 나오는 종류도 많다. 어떤 시계는 잠자기 전에 조용한 파도소리, 잔잔한 음악소리까지 들려주기도 한다. 이런 시계 가운데 본인에게 적합한 시계 두세 개 정도를 장만한다. 물론 한 개만 사도 아침에 충분히 일어나는 사람들도 있다. 하지만 신경이 좀 둔한 경우에는 잠결에 꺼 버리고 그냥 자는 경우도 많다.

나는 보통 휴대전화를 옆에 두고 잔다. 그리고 알람이 울리면 깬다. 휴대전화 알람을 5분 간격으로 반복해 맞춰 놓으면 잠결에 한두 번 끄더라도 계속 끌 수는 없다. 혹 몸이 무척 피곤하더라도 다음 날 아침에 중요한 일이 있어서 반드시 일어나야 하는 경우가 있다. 이럴 때는 알람시계도 함께 맞추어 놓는다. 알람시계는 책상 위에 놓는다. 그래서 잠자리에서 일어나 책상까지 가야만 끌 수 있도록 해 둔다. 나는 소심한 편이라 나보다 다른 사람들이 알람소리를 먼저 듣고 깨게 될까 봐 허둥지둥 달려가 끄곤 한다.

내가 아는 어떤 분은 휴대전화와 알람시계 몇 개를 사용한다.

몸 근처에 휴대전화 한 개를 둔다. 그리고 1미터 정도 떨어진 곳에
알람시계 하나를 둔다. 그리고 3미터 정도 떨어진 곳에 또 알람시
계를 둔다. 이렇게 곳곳에 알람시계를 놔둔다. 그러면 알람시계를
끄기 위해서라도 온 집을 다녀야 한다. 이렇게 하면서 아침을 깨
우는 분들도 있다.

　물론 가장 중요한 것은 자신의 상황에 맞는 방법을 택해 아침에
꼭 일어나는 것이다.

3.
가족과 친구들과 함께 시작한다

혼자 스스로 다니엘 아침형 학습법을 시작하는 것도 좋지만 가급적 가족이나 친구들과 함께 시작하는 것이 좋다. 일단 부모님들께 다니엘 아침형 학습 계획을 말씀드리면 매우 좋아하실 것이다. 자녀가 뜻을 정해 무언가 새롭게 공부하려고 할 때 부모님들은 행복해하신다. 부모님께 전체적인 다니엘 아침형 학습 계획을 설명한 다음 단계별로 계획표를 함께 세우도록 한다. 그리고 아침에 일어날 시간에 대해서도 상의한다. 사실 알람시계도 좋지만 부모님께서 깨워 주는 방법도 아주 효과적이다.

친한 친구들과 뜻을 정해 다니엘 아침형 학습 모임을 만들어도 좋다. 아침에 서로서로 휴대전화로 전화해서 깨워 주는 것이다. 그리고 30분 단위로 서로를 확인하고 격려하면서 그날 아침공부에 힘을 실어 주는 것도 무척 도움이 된다. 혼자하면 힘들지만 친한 친구들과 함께 시작하면 아침에 함께 깨어 있다는 사실 하나만으로도 마음이 든든해진다. 그리고 아침공부가 익숙하지 않은 친구들을 위해서도 서로 격려해 주면 큰 도움이 될 것이다.

친구들과 할 때는 벌칙을 만드는 것도 좋다. 예를 들어 그날 아침공부에 실패한 학생이 친구들에게 빵이나 음료수를 사는 것이다. 그리고 각 단계별로 제일 먼저 성공한 사람에게 몰아서 선물을 사준다든지 하는 식으로 벌과 상을 만들어 놓으면 재미도 생기고 선의의 경쟁도 할 수 있다. 30일 완성 다니엘 아침형 학습 7단계를 가장 적게 실패하고 도달한 사람에게 상을 주는 것도 좋은 방법일 것이다.

'백지장도 맞들면 낫다' 는 말처럼 나의 인생을 바꾸어 줄 다니엘 아침형 학습법 실천을 위해 주변 가족들의 도움을 받는 것도 큰 힘이 된다는 것을 기억하라. 그리고 나 혼자만 변화하려고 하지 말고 주변의 친구들에게도 함께 할 것을 권해 서로 격려하며 실천하기를 바란다.

　아침에 일어나면 나는 꼭 물 한 잔을 마신다. 그리고 다니엘 아침 마음관리 시간과 공부 시간 내내 자주 물을 마신다. 그냥 물도 많이 마시고 매실차와 녹차도 자주 마신다. 매실 원액에 따뜻한 물에 넣어 공부하면서 조금씩 마신다. 매실차는 달콤하면서도 쌉쌀한 맛이 있어 잠을 깨우는 데 아주 제격이다. 이른 아침 부족한 당분도 보충할 수 있고 수분 섭취로 산소 공급도 원활해진다. 물 마시는 것이 어떻게 다니엘 아침형 공부에 도움이 될 수 있는지 구체적으로 살펴보자.

　우리 몸은 취침시간 동안 원활한 신진대사를 위해 호흡과 땀으로 인체의 수분을 배출한다. 자고 일어나면 갈증을 느끼게 되는 것은 바로 이때문이다. 이렇게 쓰인 수분을 보충해 주려면 기상 후에 충분히 물을 마셔 주어야 한다. 또한 물의 섭취는 뇌에 산소가 공급되는 데에도 도움을 주기 때문에 머리가 맑아지는 것을 느끼게 한다.

물은 1~2컵을 마시되 빨리 마시지 말고 입에 머금은 다음 20번 천천히 씹은 후 삼킨다. 씹는 동작으로 턱관절의 움직임을 유도할 수 있고 그 영향으로 뇌에 자극을 주어 두뇌 회전을 위한 준비 시간을 단축시킬 수 있다. 찬물을 마시게 되면 위장의 수축과 위액의 묽어짐을 유발하여 소화 장애가 생겨날 수도 있는데 물을 입안에서 천천히 조금씩 데워 가며 마시면 이를 방지할 수 있다.

또 한 가지 권하고 싶은 것은 과일주스다. 과일에는 두뇌 활동의 에너지원인 포도당이 많이 함유되어 있어 두뇌 활성화에 도움을 준다. 또한 비타민과 무기질도 함유되어 있어서 신체에 활기를 줄 수 있는 신선한 에너지의 공급원으로서 안성맞춤이다. 그러나 너무 많은 양을 섭취할 경우 살이 찌는 요인이 될 수 있기 때문에 적당히 마시는 것이 좋다.

나는 대학에 다닐 때 《다니엘 학습법》에서 말했듯이 2학년 때부터 한국인의 종교관에 대한 구조적 연구에 참여할 수 있었다. 은사님이신 윤이흠 교수님의 배려로 교수님의 연구실 바로 앞에 있는 연구실에서 생활할 수 있었다. 부족한 나를 조금이라도 잘 준비시키기 위해 이끌어 주시고 배려해 주신 교수님께 감사드린다. 거기서 나는 공부하다가 피곤하거나 지칠 때 자주 녹차를 끓여 마셨다. 맨 처음에는 종이컵에 녹차 티백을 먹다가 나중에는 다기까지 사서 녹차를 마실 정도로 차를 무척 즐기게 되었다. 그때부터 나는 차에 대해 많은 관심을 가지게 되었다.

공부하다가 피곤하거나 집중이 잘 되지 않을 때 나는 차를 많이 마신다. 지금도 공부하다가 혹은 글을 쓰다가 잘 되지 않고 막히면 매실차나 녹차를 마신다. 물론 그냥 물도 자주 많이 마신다. 특히 이른 아침에 차를 마시면 두뇌 회전과 집중에 큰 도움이 된다. 이 책을 보는 후배들도 이른 아침공부가 익숙해지지 않은 상황에서 졸리거나 피곤함을 느낄 수 있다. 그럴 때에는 나처럼 물 마시기와 차 마시기, 그리고 주스 마시기를 적절하게 활용하면 보다 효과적으로 다니엘 아침형 학습법을 마스터할 수 있을 것이다.

5.
옷을 활용한다

우리는 어떤 옷을 입느냐에 따라 마음가짐이 달라진다. 어떤 모임이 있어 양복을 입을 때와 집에서 편한 옷차림으로 있을 때에는 각각 마음가짐이 다르다. 다니엘 아침형 학습법을 잘 실천하기 위해서는 옷차림도 중요하다.

나는 6시간 동안 잠을 자지만 숙면을 취하기 위해서 반신욕 후에 꼭 잠옷을 입는다. 잠옷을 입음으로써 이제 잠잘 준비가 됐다는 것을 나의 두뇌에 알려준다. 그리고 아주 편한 옷을 입었기에 숙면을 취할 수 있다는 것도 두뇌에 알린다. 그러면 금세 잠들 수 있다.

다니엘 아침형 학습법을 이제 막 시작하는 학생들은 아침공부가 익숙하지 않아서 졸리기도 하고 포기하고 싶어질 수도 있다. 이럴 때 나는 학생들에게 아침에 일어나서 마음관리 후 스트레칭을 한 다음 가장 정장을 한 것 같은 옷을 입으라고 한다. 편한 옷차림을 하고 있으면 공부하다가 언제든지 침대에 다시 쓰러져 잘 수 있다. 하지만 본인이 아끼는 외출용 옷을 입고 있으면 졸려도 옷이 구겨지는 것이 싫기에 쉽사리 침대에 쓰러져 자기가 힘들다. 자신이 가장 아끼고 소중히 여기는 옷을 입고 자신의 인생을 변화시킬 수 있는 중요한 아침공부에 최선을 다해 임하는 것이다.

각자 자신에게 그런 옷들이 있을 것이다. 어떤 사람에게는 교복이, 어떤 사람에게는 면바지와 셔츠가 될 수도 있다. 나에게는 아예 집에서 공부할 때 주로 입는 옷이 있었다. 그래서 그 옷으로 갈아입음으로써 이제 공부할 때가 되었음을 나의 두뇌에 알려준다. 이렇게 습관이 되면 옷을 갈아입는 것만으로도 공부를 위한 집중도가 높아진다. 이처럼 옷차림을 잘 활용하면 다니엘 아침형 학습법을 완성하는 데 도움을 받을 수 있다.

6.
음악을 활용한다

나는 음악을 무척 좋아한다. 음악 듣기를 너무 좋아한 나머지 가는귀가 먹었을 정도다. 음악은 우리의 몸과 마음에 큰 영향을 끼친다. 어떤 음악을 듣느냐에 따라 잠이 오다가도 깨고 멀쩡하다가도 잠이 온다. 음악의 리듬을 통해 지친 몸과 마음을 회복할 수도 있다. 최근 음악 치료가 관심을 끄는 것도 이런 이유에서다.

학교에서 자율학습을 하거나 학원 수업을 듣고 집에 오면 몸과 마음이 지치게 된다. 대부분의 학생들은 이럴 때 그냥 쉬기보다는 텔레비전 시청과 컴퓨터를 함으로써 휴식을 취하려고 한다. 이런 식으로 쉬는 것은 숙면에 방해가 되고 눈도 피곤하다. 이런 상태로 다니엘 아침형 학습법을 적용하기는 힘이 든다. 공부를 하더라도 피곤한 상태로 하기 때문에 정상적인 다니엘 아침형 공부라고 말하기 어렵다. 차라리 텔레비전과 컴퓨터를 하고 싶거든 몸이 지쳤을 때 하지 말고 어느 정도 몸이 괜찮은 상태에서 하는 것이 낫다. 텔레비전과 오락으로 휴식을 취하는 것보다 더 좋은 것은 자신이 좋아하는 음악을 들으며 반신욕을 하는 것이다.

좋아하는 음악을 들으며 반신욕을 하면서 보고 싶은 책을 본 경험이 있는가? 정말 무척이나 편안한 시간이다. 보고 싶은 만화책 한 권 정도를 이때 보면 그 재미는 정말 크다. 하루 종일 공부하고 생활하면서 지쳤기에 집에서는 쉬고 싶은 생각이 간절할 수밖에 없음을 이해한다. 꼭 보고 싶은 텔레비전 프로그램이 있으면 그것만 보고 나머지 시간에는 습관적으로 장시간 텔레비전 시청하는 것을 금하도록 한다. 그리고 좋아하는 음악을 들으면서 독서하는 재미를 개발하도록 해 보라. 자기 전에 반신욕을 하며 좋아하는 음악을 들으면서 자기계발을 위한 독서를 하거나 미래 계획을 세워 보라. 좋은 리더십 책과 자기계발 서적들이 서점에 많다.《다니엘 마음관리 365일》도 매우 도움이 될 것이다.

아침에 일어나서 너무 피곤하면 본인이 좋아하는 음악을 한두 곡 정도 듣도록 한다. 잠에서 잘 깨어나지 않을 때에는 자신이 가장 좋아하는 음악을 한두 곡 들어 보라. 이상하게도 잠에서 확 깨어난다. 신나고 경쾌한 음악을 들으면 아침에 일어나기가 훨씬 쉬워진다.

다만 공부 시간에는 가급적 음악을 듣지 않기를 권한다. 음악을 듣는 데에도 에너지가 소비된다. 공부하는 것과 음악 듣는 것 두 가지로 주의가 분산된다. 특별히 아침시간은 최고의 집중력을 발휘할 수 있는 시간인 만큼 음악 듣는 것도 참고 현재 내가 하고자 하는 공부에 집중하는 것이 좋다.

7.
스트레칭을 적극 활용한다

나는 허리 디스크가 있기에 더 많이 스트레칭하고 운동을 해야한다. 그래서 매일 스트레칭을 한다. 스트레칭이 별 것 아닌 것 같지만 그 효력은 대단하다. 스트레칭을 통해 자주 쓰지 않는 온몸 구석구석까지 혈액순환이 원활해진다. 몸의 신진대사가 활발해짐으로써 몸이 개운해지고 가벼워진다.

나는 공부가 잘 되지 않고 졸리고 피곤할 때 스트레칭을 통해 큰 도움을 받고 있다. 여러분 역시 스트레칭을 적극 활용하면 다니엘 아침공부를 하는 데에는 물론 하루 생활을 하는 데에도 큰 도움을 받을 것이라 확신한다.

다니엘 아침공부하는 것이 습관이 되어 있지 않은 학생들에게는 공부 도중 졸음이 시도 때도 없이 찾아올 수 있다. 이런 상황에서 스트레칭을 해 주면 몸 구석구석 혈액순환이 활발해져 졸음이 나도 모르게 도망가는 것을 경험하게 될 것이다. 졸음이 온다고 해서 잠깐 누웠다가 다시 공부해야지, 하고 잠자리에 누우면 아예 잠들기 십상이다. 그날 아침공부는 실패할 가능성이 높다. 따라서 졸음이 아주 심하게 올 때나 너무 피곤할 때는 책상에서 일어나 스트레칭을 해 보도록 하자.

아침에 일어나서 할 수 있는 대표적인 스트레칭, 학교에서 할 수 있는 대표적인 스트레칭, 자기 전에 숙면을 취하는 데 도움을 주는 스트레칭에 대해 좀더 구체적으로 알아보자.

아침에 일어나서 할 수 있는 스트레칭 & 요가 ■

무릎 구부렸다 기지개 펴기

1. 위를 보고 바로 눕는다.
2. 양손은 깍지를 끼고 무릎을 가슴 쪽으로 끌어당긴다.
3. 15초 유지(호흡은 자연스럽게).
4. 깍지를 낀 상태에서 손을 머리 위로 쭉 올리고 다리는 발 아래로 펴면서 기지개를 편다.
5. 15초 유지(호흡은 자연스럽게).
6. 3회 반복.

■ 김동환, 《김동환의 다니엘 건강관리법》 (고즈윈, 2004) p. 188, 156, 157.

전사자세(Virabhadrasana)

1. 양발은 어깨 너비보다 더 넓게 벌리고
   허리를 펴고 선다.
2. 두 손을 가슴 앞에서 모은다.
3. 숨을 들이마셨다가 내쉬면서
   두 손을 머리 위로 뻗는다.
4. 이때 두 손바닥은 떨어지면
   안 되며, 양팔은 귀 뒤에 붙여야 한다.
5. 몸통을 오른쪽으로 돌리면서 오른발은 오른쪽으로 직각이 되
   도록, 왼발은 $60°$ 가 되도록 움직인다.
6. 다시 한 번 숨을 들이마셨다가 내쉬면서 오른쪽 무릎을 구부
   리면서 손바닥을 쳐다본다.
7. 15초 유지(호흡은 자연스럽게).
8. 다시 숨을 들이마셨다가 내쉬면서 천천히 제자리로 돌아온다.
9. 반대 방향도 같은 방법으로 한다.

상체 숙이기 자세(Padangusthasana)

1. 양발을 모으고 바로 선다.
2. 숨을 들이마셨다가 내쉬면서 등과 허리를 편 상태
   로 몸을 앞으로 구부려 발가락을 잡는다.
3. 무릎에 힘을 주어 구부러지지 않게 유지.
4. 15초 유지(호흡은 자연스럽게).
5. 다시 숨을 들이마셨다가 내쉬며 천천히 제자리로.

학교에서 할 수 있는 스트레칭▪

어깨 뒤로 젖히며 가슴 열기

1. 허리를 펴고 앉아서 두 손을 뒤로 깍지 낀다.
2. 숨을 들이마셨다가 내쉬면서 팔꿈치를 편 상태로 두 손을 뒤로 쭉 뻗는다.
3. 어깨를 뒤로 젖히고 가슴을 활짝 열며, 허리는 쭉 펴야 한다.
4. 15초 유지(호흡은 자연스럽게).
5. 3회 반복.

옆구리 늘리기

1. 발을 어깨 너비로 벌리고 허리를 펴고 바로 선다.
2. 두 손을 깍지 끼고 머리 위로 올린다.
3. 숨을 들이마시고 내쉬면서 몸을 왼쪽으로 기울여 오른쪽 옆구리를 늘인다.
4. 15초 유지(호흡은 자연스럽게).
5. 다시 숨을 들이마시고 내쉬면서 제자리로 돌아온다.
6. 반대 방향도 같은 방법으로 실행한다.

▪ 앞의 책, p. 96, 113.

자기 전 숙면을 취하는 데 도움이 되는 스트레칭[■]

발끝 쭉 펴기 & 발끝 아래로 꺾기

1. 바르게 하늘을 보고 눕는다.
2. 천천히 오른쪽 다리를 직각이 되게 든다.
3. 발끝을 쭉 편 상태로 15초 유지.
4. 발끝을 아래로 발목을 몸쪽으로 꺾어서 15초 유지.
5. 반대쪽도 같은 방법으로 실행한다.

모관운동

1. 바르게 하늘을 보고 눕는다.
2. 양팔과 양다리를 직각이 되게 든다.
3. 힘껏 양팔과 양다리를 턴다.
4. 15초 반복.
5. 양팔과 양다리에 힘을 빼고 바닥으로 툭~ 떨어뜨린다.
6. 3회 반복.

■ 앞의 책, p. 173

8.
점심시간을 활용한다

대개 점심을 먹고 나면 30분 정도의 시간이 생긴다. 이 시간을 어떻게 보내느냐에 따라 다니엘 아침형 학습법의 완성도가 달라진다. 즉 점심을 먹고 난 뒤 30분은 황금의 시간이다.

다니엘 아침형 학습 스타일이 몸에 완전히 익숙해지기 전까지는 점심시간 30분을 낮잠시간으로 활용하라. 이른 아침부터 하루를 시작했기에 오전 수업을 마치고 점심까지 먹고 나면 몸이 지친다. 이때 친구들하고 떠들면서 시간을 보내거나 공부를 더 하면 오후 수업시간부터는 무리가 될 수 있다. 물론 다니엘 아침형 학습 습관이 완전히 몸에 밴 사람은 점심시간 동안 자유롭게 산책하거나 부족한 공부를 더 해도 좋다. 하지만 아직 완전히 익숙해지지 않은 친구들과 처음 시작하는 친구들은 이 시간에 가급적 낮잠을 잘 것을 권한다.

꼭 누워서 자야만 피로가 풀리는 것은 아니다. 의자에 기대어 자는 것도 괜찮다. 만약 의자에 기대지 않고 엎드려 잘 경우는 집에서 미리 쿠션을 가지고 와서 베고 자도록 한다. 이렇게 식후 30분간 꿀맛 같은 낮잠을 자고 나면 오후 수업 역시 기분 좋게 졸지 않고 임할 수 있다.

여기에다 한 가지 덧붙이자면 점심 먹고 나서 바로 비타민 1000mg 1개 정도를 먹으면 도움이 된다. 비타민의 효능은 많이 알려져 있다. 하루의 절반이 지나는 시점에서 점심식사 후 비타민 1개를 먹으면 피로 회복과 신진대사에 도움을 받을 수 있다. 이렇게 비타민을 먹고 나서 잠시 낮잠을 자고 일어나 보라. 정말 개운할 것이다.

다니엘 아침형 학습 7단계 과정 훈련 동안 점심시간을 지혜롭게 활용하면 변화된 생활습관을 몸에 적응시키는 데 효과가 있을 것이다. 이 방법을 본인의 상황에 맞게 잘 적용하기를 바란다.

미래를 비추는
희망의 빛들에게

꿈을 현실로 만들 수 있는 청소년과 청년 시절 가장 중요한 습관을 말하라면 나는 자신 있게 다니엘 아침형 공부 습관이라고 말할 것이다. 지금까지 이 책을 보면서 여러분은 느꼈을 것이다. 나도 이제 변화해야겠다. 그리고 나도 변할 수 있다.

모두가 잠든 아침

김동환

모두가 잠든 아침
사악사악 책장 넘어가는 소리
우리의 꿈이 익어 가는 소리

모두가 잠든 아침
소옥소옥 연습장에 수학 문제 푸는 소리
무심코 흘려 버린 지나간 과거를 회복하는 소리

모두가 잠든 아침
홀로 공부하다
어둡던 창가에서
환하게 소리치며 들어오는 아침 태양빛
불안하고 막연한 나의 미래를
선명한 미래로 비춰 주는 희망의 빛

모두가 잠든 아침
홀로 공부하다

가을 서늘한 바람을 느끼며
들려오는 찌르르찌르르 귀뚜라미 소리
나의 인생을 비옥하게 만들어 주는 소리

모두가 잠든 아침
홀로 공부하다
문득 적막함과 고요함을 쳐다보니
나를 바라보며 빙그레 웃음 짓네
그 미소를 보는 기쁨 참으로 크구나.

모두가 잠든 아침
아침공부를 마치며 듣는 새소리
힘들지만 인내한 아침공부에 대한 나의 축하 메시지

    사람은 누구나 많은 시행착오를 거친다. 아직 나이가 어린 청소년들과 청년들은 좌충우돌하며 경험을 통해 배운다.

    꿈을 현실로 만들 수 있는 청소년과 청년 시절 가장 중요한 습관을 말하라면 나는 자신 있게 다니엘 아침형 공부 습관이라고 말할 것이다. 지금까지 이 책을 보면서 여러분은 느꼈을 것이다. 나도 이제 변화해야겠다. 그리고 나도 변할 수 있다.

    늦게 자고 아침에 겨우 일어나 허둥지둥 학교로 가는 수많은 학생들이 다니엘 아침형 학생으로 변화되어 인생을 새롭게 바꾸어

나가고 있는 것을 나는 보았고 지금도 보고 있다. 그들 역시 맨 처음에는 아침에 공부한다는 것을 상상조차 하지 못했다. 하지만 뜻을 정하고 구체적인 방법을 배우면서 그들은 변해 갔다.

그 변화된 모습에 그들 자신도 놀랐고 부모님도 놀랐고 나 역시 놀랐다. 사람이 멋지게 변하는 것을 도와주고 가르치고 지켜보는 것보다 더 기쁘고 아름다운 일은 없을 것이라고 생각한다. 적어도 나는 그렇게 생각한다. 그래서 나는 이 일을 나의 천직이라 생각한다. 한때의 방황과 시간 허비로 꿈을 잃은 친구들, 미래를 포기한 친구들, 생기를 잃고 회색지대에서 사는 친구들이 변하는 모습은 기적에 가깝다. 정말 좋은 생활습관 하나가 이렇게 사람을 변하게 할 수 있다니 놀라울 따름이다. 하나님의 형상으로 지음 받은 인간이 죄로 타락하기 이전 태초의 질서를 회복하여 본연의 아름다움을 찾아가는 과정이랄까!

다니엘 아침형 학습 습관은 단순한 공부 습관을 넘어선다. 치열한 경쟁과 냉혹한 현실에서 이리저리 상처받고 내면세계가 무너진 사람들에게 있어 아침 마음관리와 공부를 통해 상처난 마음을 새롭게 회복시키고 자신의 진정한 가치를 건강하게 되찾는 것은 21세기 진정한 성공의 비결이다.

아이들을 가르치면서 놀라는 일 가운데 하나는 엄청난 잠재력을 가진 학생들이 자신의 진정한 가치를 제대로 발견하지 못한 채 그냥 시간을 흘려보내는 경우가 많다는 것이다. 하루에 1,000리를 달릴 수 있는 능력을 지닌 천리마와 같은 존재들이 자신의 능력도 모른 채 텔레비전과 오락에 푹 빠져 PC방에서 혹은 호프집에서 재능을 조금씩 죽이고 있다. 안타까운 현실이다. 프롤로그에서 말한 빅토르 세리비리아르코프가 자신의 진정한 재능을 모른 채 17년이나 방황한 것처럼 지금 한국에서도 수많은 천리마들이 자신의 진정한 재능도 모른 채 어느 한때의 좌절과 실수와 게으름으로 공부에 흥미를 잃고 이곳저곳을 방황하며 비틀거리고 있다.

하지만 여러분에게는 무한한 잠재력이 분명히 있다. 현재의 성적과 모습으로 성급하게 남은 인생을 판단하지 말고 나는 어떤 존재이고 나는 어떤 재능을 가졌는지를 진지하게 생각해 보기 바란다. 그리고 다시 뜻을 정해 새롭게 시작해 보기를 바란다.

무심코 흘려보낸 지나간 시간은 다니엘 아침형 학습을 통해 반드시 만회할 수 있다. 늦었다고 생각할 때가 가장 시작하기 좋은 때이다. 이 말은 참으로 맞는 말이다. 세상의 평균적인 기준으로 몇 년 늦은 것이 인생 실패가 아니다. 지금부터 어떻게 하느냐에 따라 얼마든지 따라잡고 역전할 수 있다. 청소년 시절 가장 무서운 실패는 더 이상 새롭게 뜻을 정해 시작하지 않으려 하는 것이다.

강의를 듣는 친구들이 새롭게 변한 것처럼 여러분도 이 책을 통해 인생을 변화시키는 다니엘 아침형 학생으로 거듭날 수 있음을 믿는다. 여러분도 얼마든지 변할 수 있다. 중요한 것은 뜻을 정해 시작하는 것이다. 더 이상 내일로 미루지 말라. 오늘 시작하면 오늘부터 달라질 수 있다.

귀한 후배들이 어서 빨리 30일간의 다니엘 아침형 학습 훈련소에 입소할 것을 강력히 권한다. 그래서 21세기 탁월한 자기 분야의 실력자로, 어려운 이웃을 생각하는 따뜻한 마음과 하나님에 대

한 보다 성숙한 신앙을 지닌 멋진 21세기 글로벌 리더로 성장하기
를 소원한다. 그리고 그것을 위해 나 역시 최선을 다해 후학들을
가르치고 강의하고 저술하고자 한다.∎

∎ 집중적으로 다니엘 아침형 학습법을 익히고 싶은 후배들은 이 책의 맨 뒤에 소개한 〈다
니엘 리더스 스쿨(www.dls21.net)〉에 참가하면 큰 도움을 받을 수 있을 것이다.

수 료 증

이름: _____

새롭게 뜻을 정함으로써 하나님께서 주신 지혜와 은혜를 통해 비록 많이 힘이 들기도 했지만 다니엘 아침형 학습 5단계까지의 과정을 성공적으로 실천해온 _____에게 축하의 수료증을 드립니다.

이제 _____은(는) 21세기 리더들과 어깨를 나란히 하는 5시클럽 회원인 셈입니다. 마지막 7단계까지 더욱 힘을 내세요!

_____ 년 __ 월 __ 일

나 _____이(가) 소중하고 자랑스런 나에게 드림

그리고 다니엘 아침형 학습법 저자 김동환 함께 드림

축! 다니엘 아침형 학습 6단계 완성!

수 료 증

이름: _____

새롭게 뜻을 정함으로써 하나님께서 주신 지혜와 은혜를 통해 비록 많이 힘이 들기도 했지만 다니엘 아침형 학습 6단계까지의 과정을 성공적으로 실천해온 _____에게 축하의 수료증을 드립니다.

_____은(는) 스스로 자부심을 느껴도 좋을 만큼 대단한 실력자로 거듭나고 있습니다. 이제 한 단계만 넘어서면 최고의 다니엘 아침형 학생으로 탄생할 수 있습니다. 마지막 한 단계까지 주님 안에서 힘내세요! 분명히 이루어낼 수 있을 겁니다.

_____년 _월 _일

나 _____이(가) 소중하고 자랑스런 나에게 드림

그리고 다니엘 아침형 학습법 저자 김동환 함께 드림

 다니엘 아침형 학습 7단계 모두 완성!

다니엘 아침형 학습 30일 성공!

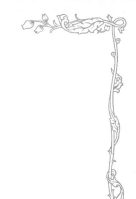

수 료 증

이름: _____

새롭게 뜻을 정함으로써 하나님께서 주신 지혜와 은혜를 통해 비록 많이 힘이 들기도 했지만 다니엘 아침형 학습 7단계를 모두 성공해낸 _____에게 축하의 수료증을 드립니다.

다니엘 아침형 학생으로 새롭게 태어난 _____에게는 이제 밝은 미래가 열릴 것입니다. 꿈으로 여겨졌던 모든 것들이 실제로 이루어지게 될 것입니다.

_____년 __월 __일

나 _____이(가) 소중하고 자랑스런 나에게 드림

그리고 다니엘 아침형 학습법 저자 김동환 함께 드림

다니엘 아침형 Study Map

Study Map을 통해 다니엘 아침형 학습법을
실천해 나갈 구체적이고 효과적인 방법을 제시
합니다. 차례대로 책을 보시고 아침형 학습법을
몸에 익혀 하나님의 준비된 일꾼으로
거듭나길 바랍니다.

〉〉 책 보는 순서

1. 어린이 다니엘 학습법

우선『어린이 다니엘 학습법』을 통해 하나님의 자녀들이 왜 공부를 해야 하는지 구체적인 동기 부여와 마음의 결단을 할 수 있습니다.

2. 다니엘 아침형 학습법

『어린이 다니엘 학습법』을 통해 선명한 동기 부여를 받고 하나님의 방식으로 공부하기로 뜻을 정한 다음『다니엘 아침형 학습법』을 통해 실질적으로 어떻게 하나님과 한 팀이 되어 공부할 것인지 구체적으로 실천할 수 있습니다. 총 7단계의 단계별 학습 계획이 상세하게 나와 있어서 하나님과 한 팀이 되어 자기 주도형 다니엘 아침형 학습을 체계적으로 적용할 수 있습니다. 한 가지 유의할 부분은 부모님과 함께 다니엘 마음관리 시간을 갖고 부모와 자녀가 함께 다니엘 아침형 학습을 실천하는 것이 중요하다는 점입니다.

3. 다니엘 마음관리 365일

다니엘 아침형 학습을 본격적으로 시작하면서 함께 보는 책입니다. 매일 아침 다니엘 마음관리 시간을 통해 규칙적인 마음관리를 하여 왜 공부해야 하는지에 대한 선명한 목적을 다시 확인하고 지치거나 낙심될 때 다시금 마음을 북돋아 주어 마음에 더러운 찌꺼기들을 거르게 해 줍니다. 공부에 대하여 의욕이 많이 떨어지거나 뜻대로 공부가 잘되지 않을 때 성경 다음으로 학생들에게 꼭 필요한 마음의 보약이 되는 책입니다.

4. 다니엘 학습 플래너

매일 아침 다니엘 마음관리 시간을 이용하여 1시간 단위로 공부 계획을 구체적으로 세울 수 있는 플래너입니다. 하루 생활하는 동안 수시로 플래너를 보면서 시간 관리, 목표 관리, 영성 관리를 하며 자신이 지금 계획한 목표대로 가고 있는지 방향 관리까지 할 수 있는 만능 학습 플래너입니다.

5. 다니엘 건강관리법

다니엘 마음관리로 매일 영혼을 관리해 주고 『다니엘 건강관리법』을 통해 매일 규칙적인 신체 건강을 관리할 수 있습니다. 청소년 시절 건강관리를 잘못하면 아무리 공부를 열심히 하고자 해도 그 목표를 이루기가 어렵습니다. 청소년 시절 찾아오는 다양한 질병들을 어떻게 예방하고 효과적으로 치료하며 건강하게 학업에 임할 수 있는지에 대한 구체적인 건강관리 지침서입니다.

>> 책 보는 순서

1. 다니엘 학습법

우선『다니엘 학습법』을 통해 하나님의 자녀들이 왜 공부를 해야 하는지 구체적인 동기부여와 다니엘처럼 마음에 결단을 할 수 있습니다.(이미 초등학교 1-4학년에『어린이 다니엘 학습법』을 본 학생들도 학년이 올라가 5학년 이상이 되면『다니엘 학습법』을 보게 하는 것이 매우 좋습니다.)

2. 다니엘 아침형 학습법

『다니엘 학습법』을 통해 선명한 동기부여를 받고 하나님의 방식으로 공부하기로 뜻을 정한 다음『다니엘 아침형 학습법』을 통해 실질적으로 어떻게 하나님과 한 팀이 되어 공부할 것인지 구체적으로 실천할 수 있습니다. 총 7단계의 단계별 학습 계획이 상세하게 나와 있어서 하나님과 한 팀이 되어 자기 주도형 다니엘 아침형 학습을 체계적으로 적용할 수 있습니다. 한 가지 유의할 부분은 부모님과 함께 다니엘 마음관리 시간을 갖고 부모와 자녀가 함께 다니엘 아침형 학습을 실천하는 것이 중요하다는 점입니다.

3. 다니엘 3년 150주 주단위 내신관리 학습법

『다니엘 아침형 학습법』과 병행하여 매주 어떻게 공부를 해야 하는지 중학교 3년, 고등학교 3년 총 6년의 스터디 맵을 담고 있습니다. 주단위의 정교한 학습 방법으로 실력을 업그레이드할 수 있습니다. 특별히 내신 관리와 대학 입시 준비에 큰 도움을 줄 수 있습니다.

4. 다니엘 마음관리 365일

'다니엘 아침형 학습'을 본격적으로 시작하면서 함께 보는 책입니다. 매일 아침 다니엘 마음관리 시간을 통해 규칙적인 마음관리를 하여 왜 공부해야 하는지에 대한 선명한 목적을 다시 확인하고 지치거나 낙심될 때 다시금 마음을 북돋아 주어 마음에 더러운 찌꺼기들을 거르게 해 줍니다. 공부에 대하여 의욕이 많이 떨어지거나 뜻대로 공부가 잘되지 않을 때 성경 다음으로 학생들에게 꼭 필요한 마음의 보약이 되는 책입니다.

5. 다니엘 건강관리법

다니엘 마음관리로 매일 영혼을 관리해 주고 『다니엘 건강관리법』을 통해 매일 규칙적인 신체 건강을 관리할 수 있습니다. 청소년 시절 건강관리를 잘못하면 아무리 공부를 열심히 하고자 해도 그 목표를 이루기가 어렵습니다. 청소년 시절 찾아오는 다양한 질병들을 어떻게 예방하고 효과적으로 치료하며 건강하게 학업에 임할 수 있는지에 대한 구체적인 건강관리 지침서입니다.

6. 다니엘 학습 플래너

매일 아침 다니엘 마음관리 시간을 이용하여 1시간 단위로 공부 계획을 구체적으로 세울 수 있는 플래너입니다. 하루 생활하는 동안 수시로 플래너를 보면서 시간 관리, 목표 관리, 영성 관리를 하며 자신이 지금 계획한 목표대로 가고 있는지 방향 관리까지 할 수 있는 만능 학습 플래너입니다.

1. 우선 『다니엘 자녀교육법』을 봅니다. 『다니엘 자녀교육법』에는 김동환 목사를 어려서부터 어떻게 하나님의 방식으로 양육했는지에 대한 상세한 방법들이 들어 있습니다. 김동환 목사의 어머니인 박삼순 전도사의 구체적인 신본주의 학습 원리들을 그대로 담고 있습니다. 크리스천 학부모로서 어떻게 자녀를 하나님 방식으로 양육해야 하는지 고민하는 학부모님들이 자녀들을 양육하기 전에 먼저 보아야 할 책입니다.

2. 『다니엘 자녀교육법』을 다 보았다면 자녀의 나이에 맞는 책을 위에 설명한 대로 준비하셔서 자녀와 부모가 함께 그 책을 꼭 읽어야 합니다. 가급적 아이에게 주기 전에 먼저 부모가 읽은 다음 자녀에게 권하는 방법이 매우 효과적입니다.

다니엘 리더스 스쿨에
크리스천 청소년들을 초대합니다.

안녕하세요? 『다니엘 학습법』의 저자 김동환입니다.

5년간 준비해 온 아주 특별하고 기쁜 소식을 전해 드리게 되어 하나님께 감사드립니다.

순교자의 신앙과 자기 분야 최고의 실력, 그리고 따뜻한 인격을 겸비한 21세기 다니엘과 같은 하나님의 준비된 일꾼을 양성하기 위해 '다니엘 리더스 스쿨'이 하나님 은혜로 세워져서 신입생을 모집합니다.

그동안 '다니엘 학습'을 실천하고자 했으나 혼자 하기 버거워 중도에 포기한 학생들이 있었습니다. 이제 다니엘 리더스 스쿨에서는 학생들이 전원 기숙생활을 하며 매일 새벽 4시 30분 저의 설교로 새벽예배를 시작하여 '다니엘 아침형 학습'을 저에게 직접 배우며 실천합니다. 하루 세 번의 예배를 통해 철저한 기독교 신앙으로 무장하며, 학생 개인의 실력과 진도에 따라서 학습자 중심으로 교육이 이루어지는 곳이 바로 다니엘 리더스 스쿨입니다.

저는 다니엘 리더스 스쿨에서 영어, 국어 교사와 교목으로 일하며 학생들과 매일매일 행복하게 교학상장 합니다. 다니엘 리더스 스쿨은 세계에서 신본주의 학습자 중심의 질적 교육이 가장 잘 이루어지는 것을 목표로, 학생 한 명 한 명에게 딱 맞는 학습 체제를 구축합니다. 이를 위해 저는 서울대 사범대학 교육학과 박사 과정에서 공부하며 학생들을 가르치고 있습니다. 더 준비된 하나님의 일꾼이 되고자, 더 준비된 선생님이 되고자, 세계 최고의 크리스천 인재를 양성하는 학교를 만들고자 부단히 공부한 것을 학생들에게 가르치며 학생들에게 배웁니다.

다니엘 리더스 스쿨은 공부를 왜 해야 하는지를 분명하게 가르치고, 매일매일 하나님 안에서 행복하고 치열하게 공부하는 곳입니다.

다니엘 리더스 스쿨은 나를 위해 몸 바쳐 피 흘려 생명을 주신 주님을 위해 생명 바쳐 공부하는 곳입니다.

다니엘 리더스 스쿨은 평생학습 공동체이자 신앙 공동체이자 가족 공동체입니다.

다니엘 리더스 스쿨은 학생을 살리는 곳입니다.

다니엘 리더스 스쿨은 주님 앞에 한없이 부족한 죄인이지만 나 같은 죄인을 위해 몸 바쳐 피 흘려 생명 주신 주님의 은혜에 감사하여 21세기 다니엘을 양성하기 위해 제가 생명 바쳐 일하는 곳입니다.

다니엘 리더스 스쿨 학생들은 매일 새벽기도를 마친 뒤 힘차게 저와 구호를 외치고 수학 공부를 시작합니다.

"오늘도 생명 바쳐 주님 위해 죽도록 공부하자!
오늘도 하나님께 효도하자! 부모님께 효도하자! 21세기 다니엘이 되자!
오늘도 하나님 안에서 행복하고 즐겁고 치열하게 공부하자!"

귀한 믿음의 후배 여러분, 그리고 학부모님! 아직 늦지 않았습니다. 하나님 자녀에게는 하나님 자녀에 맞는 신본주의 학습 원리가 있습니다. 이것을 지키지 않으면 돈은 돈대로 들고 성적은 성적대로 나오지 않고 아이들의 영혼은 죽습니다. 하나님 안에서 하나님의 방법으로 역전과 승리의 기회를 잡으십시오.

현재 성적이 최상위권이든 최하위권이든, 다니엘처럼 뜻을 정해 철저하게 하나님의 방식을 배우고 몸에 익혀 다니엘급 믿음의 인재가 되고자 하는 학생들을 찾고 있습니다.

늦었다고 포기하려 했던 학생들, 공부는 잘하지만 세상 방식에 젖어 믿음이 없는 학생들, 삭막한 인본주의 성적지상주의 교육체제 속에서 하나님이 주시는 비전을 포기한 채 무기력하게 시간을 흘려보내는 수많은 믿음의 학생들이 하나님 안에서 새롭게 꿈과 신앙과 실력을 회복할 수 있기를 소망합니다.

자녀를 21세기 다니엘로 교육시키고 싶으신 분들의 관심을 부탁드립니다.

이 사역을 위해 머리 숙여 기도 부탁드립니다.

김동환 드림

다니엘 리더스 스쿨

문의전화 02-3394-4033 | 02-3394-4037
홈페이지 www.dls21.net